KB028191

비보호

김사랑 소설

비보호

미래의 작가들 01

차례

비보호

1

　바이올린 선율이 점차 선명히 귓가에 와 닿는다. 듣기 싫은 알람 소리 같아 당장에 꺼버리고 싶은 마음이 어느 정도 가시면, 이불 밖에 나와 있던 손을 배에 얹는다. 현정은 두두룩 솟은 배 언저리를 손바닥으로 토닥인다. 조금 있으면 속에서 톡 대꾸를 해온다. 잘 잤니,라고 말을 거는 건 옆에 남편이 있을 때뿐이다. 눈을 뜬다. 벽면에 걸린 결혼사진을 본다. 박제한 듯한 자신의 웃음과 어깨에 손을 얹고 미소를 띤 남편의 얼굴을 얼마간 바라본다. 햇살이 액자를 가로지르고 있다. 줄기를 따라 창가로 눈동자를 돌린다. 암막 커튼이 서로 맞물리지 못한 사이로 햇살이 새어든다. 현정은 끙 소리를 내며 몸을 일으킨다. 그대로 가부좌를 튼다. 다음 곡으로 넘어갈 때까지 명상을 한다. 무슨 음악인지는 모르지만 곡조를 기억하고 있다. 십 분 정도 뒤 다음으로 넘어갈 것이다. 태아는 그동안 몇 번 발길질을 한다.

식탁에 놓인 컵을 집어 든다. 전날 밤에 미리 따라둬서 냉기가 가신 물이다. 한 컵을 천천히 다 비운 뒤 화장실로 향한다. 용변을 보고 손을 씻다 거울 가까이 얼굴을 댄다. 턱을 숙이고 눈을 치켜떠 정수리를 살핀다. 밤새 새치가 더 는 것 같다. 기분 탓이라는 걸 알면서도 한숨을 쉬듯 시선이 툭 떨어진다. 바닥 타일에 낀 물때를 보고 슬리퍼 코로 때를 문지르다 시야를 가로막고 튀어나온 배를 본다. 윗옷을 든다. 아홉 달이 지나고 나니 더는 붙지 않는다. 완전한 만삭이다. 현정은 손바닥으로 배를 쓸다가 임신선을 따라 검지를 죽 내린다.

커튼을 건다. 이부자리를 개키고 마른 걸레를 빤다.

쭈그려 앉은 자세로 걸레질을 하다 보면 금방 요의가 느껴져, 몸을 일으킬 땐 오줌 방울이 찔끔 나온다. 현정은 괜히 민망해져 누군가의 시선을 피하는 양 텔레비전을 본다. 육아출산 관련 교양 프로그램에선 부부간의 성생활을 개월 수별로 나누어 설명하고 있다. 현정은 남편과의 마지막 잠자리를 떠올린다. 두 달쯤 됐을까. 산달에 접어들면서는 섹스를 하지 않았다. 차창 밖으로 지나치는 풍경처럼 멍하니 브라운관을 보다가 문득 몸을 틀어 바닥을 닦는다.

샤워를 마치고 가뜬해진 몸으로 소파에 앉는다. 가져온 동화책을 읽는다. 하루가 시작되고 처음 입을 떼는 거라 자신의 목소리가 조금 낯설다. 엇나가며 갈라지기도 한다. 그럴 때면 저도 모르게 읽는 속도가 빨라지는데, 다시금 익숙해지며 마지막에 가선 꽤 괜찮은 구연동화 같은 마무리를 짓는다. 현정은 티브이 옆 책꽂이에 책을 꽂고 나서 티브이 받침 아래 서랍을 연다. 바느질과 자수, 뜨개질 거리가 들어 있다. 망설이다가 빨간 털실과 뜨개바늘을 집어 든다. 털실이 감추고 있던 자리에 놓인 화투갑이 보인다. 화투패의 등을 보다가 서랍을 닫는다. 일어나서 한쪽 창문을 살짝 연다. 후끈하게 끼치는 기운이 얼굴을 덮는다. 며칠 전만 해도 찬 바람에 으슬으슬 몸을 떨어서인지 현정은 더위가 거리끼지 않는다. 높은 수치의 온습도계를 보며 창을 닫을까 잠시 고민하지만 그대로 둔 채 열어둔 만큼 커튼을 친다. 물결처럼 흔들리는 커튼 자락을 보며 현정은 설핏 도리엄마를 떠올린다. 그녀가 올 것만 같은 날씨다. 현정은 달아오른 숨을 몰아쉰다.

소파에 기대어 뜨개질을 한다. 바깥 소음은 공사하는 소리가 주를 이룬다. 한창 건축 중인 빌라촌이었다. 거기에 아이들의 웃음소리나 울음소리, 엄마들이 외치는 소리가 섞인다. 현정은 다른 건 개의치 않지만 아래층 편의점의 간이테이블에서 나는 손님들 목소리엔 항상 신경이 쓰인다. 쉬이 끊이지 않는 말들이 창을 타고 너무도 선명하게 들려왔다. 꼭 모기가 주변에 날아다니는 것만 같아서, 여름밤은 악몽처럼 끔직했다. 귀마개를 끼지 않고 자는 날이 손에 꼽을 정도였다. 가을로 접어들며 아침저녁의 기온이 부쩍 떨어져 밤도 서서히 침묵을 찾았다.

남편과 짧은 통화를 마친다. 뜨개 거리를 옆에 두고 담요를 집으려다 안방에서 모시이불을 꺼내 온다. 누워서 이불을 배에 덮는다. 옆으로 눕고 싶어. 현정은 눈 감을 마음이 들지 않는다. 밤잠은 진이 빠져버려 쉽게 들지만 낮잠은 그러질 못했다. 휴대폰을 든다. 같은 지역의 유부녀들이 모인 인터넷 카페에 접속한다. 최신 글들부터 훑는다. 모 식당의 유아방 서비스가 별로였다, 시부모가 이런 참견을 했다, 돌잔치 때 금반지를 이만큼 받았다, 아이가 상처를 입었다, 남편의 태도가 께름칙했다, 식의 말들이 이어져 있다. '맘'들이 모인 곳인 만큼 그들의 글은 대부분 가정을, 그중에서도 자신들을 맘이 되게 해준 아이의 이야기를 담고 있다. 현정은 지역맘 카페에 대한 얘기를 처음 들었을 때 궁금하기도 했지만, 편의점 잡담과 다를 바 없겠거니 하는 생각이 뒤이어 들었다. 그런데 자신도 모르는 생활의 사이사이로 카페에 접속하는 시간이 늘어나면서 단순한 흥밋거리 이상의 어떤 의미로 자리 잡게 된 듯했다. 특히 남편이 떠난 후로 체감을 했다. 활동이 잦은 맘들의 익숙한 이름을 보며 현정은 그들에게 친근감이 들고 한 번씩 말도 섞어보면서 그녀 나름의 정을 쌓아갔다.

한 게시판이 어제 방영했던 시사교양 프로그램의 이야기로 한창이다. 현정도 시청을 한 거였다. 세 달 전쯤부터 지역의 전철역에서 갓난아기를 키우고 있다는 노숙 부부의 사연이었다. 생후 삼 개월짜리 아기를 데리고 전전긍긍 사는 부부를 방송에 제보하고, 제작진이 촬영에 나서자 직접 물품구호까지 나선 것 모두 이 카페의 주동이었다. 부부는 구청의 도움을 받아 방 한 칸을 얻고 일자리 지원도 받게 되었다. 게시판을 채운 제목들만 나열해보아도 카페의 자긍이 오른 점을 확인할 수 있었다.

현정은 덧글이 많은 글을 누른다. 프로그램의 장면이 캡처되어 있다. 구호에 앞장섰던 주호엄마의 인터뷰 장면이다. 흰 셔츠에 머리를 가볍게 묶어 올린 그녀는 한 팔에 주호를 안은 채 옅은 미소를 머금었다. 같은 엄마

14

로서 그저 지켜만 볼 수는 없었어요. 이번 기회에 그분들이 세상은 함께 살아가는 것이라고 알아주셨음 싶네요. 장면에 같이 캡처된 자막을 읽으며 현정은 방송에서 들었던 그녀의 목소리를 떠올린다. 생김새와 어울리는 단정하고 깔끔한 음성이었다. 현정은 방송이 아닌 다른 곳, 어느 작고 비좁은 원룸에서도 그녀의 말을 들은 적이 있었다. 안쓰러운 눈빛으로 손을 내민 주호엄마는 자신 앞에 앉은 도리엄마의 무릎을 가만가만 쓸어주었다. 같은 엄마로서 그저 지켜볼 수만은 없었어, 무슨 말인지 잘 알죠? 도리엄마는 작은 입술을 좀체 열지 않으며 그저 설면한 기색으로 벽면에 쌓인 육아용품들만 바라보았다. 현정은 주호엄마의 옆에서 천장 구석의 거미줄을 올려보다가 언뜻 시선을 느꼈다. 자신을 보고 있던 도리엄마와 눈이 마주쳤다. 현정은 움찔거리는 그녀의 입술이 기억에 남았다.

도리엄마의 닉네임을 검색해본다. 늦여름 이후론 흔적이 없다. 자신의 집에 마지막으로 왔을 즈음이다. 현정은 커튼을 치지 않은 쪽 창을 본다. 지금 더위와는 맞지 않은 에어캡이 붙어 있다. 지난 주말 남편이 온 집 안의 창에 붙인 거였다. 그는 어수선하게 의자를 끌고 다니며 에어캡을 붙이다가 땀이 맺히자 벌써 단열 효과가 나려나 보다며 너스레를 떨었다. 장기 출장으로 남편이 집을 떠난 뒤로 주말부부가 된 지 어느덧 두 계절이 지났다. 현정은 가볍게 고개를 젓는다. 휴대폰을 놓고, 배에 손을 얹으며 눈을 감는다. 자야 해. 자야 할 시간이야. 속으로 달래듯 읊조린다.

2

도리엄마는 한때 카페를 들썩인 유명인사였다. 사진한 장 때문이었다. 어린 나이의 풋기운이 가득한 그녀와 그녀의 아이가 찍은 사진이었다. 카페의 여느 맘들처럼 딸 자랑을 하고자 했다. 그런데 회원들이 규칙 어긴 글을 보기라도 한 듯 술렁였다. 그 속에는 도리엄마가 카페에 남긴 이전 글들을 검색해본 이들의 우려가 있었다.

이전 글들이라고 해봤자 한밤중에 귤을 먹고 싶은데 혹시 살 데를 아는 사람이 있느냐, 아이가 갑자기 토를 심하게 했는데 괜찮으냐, 지금 홈쇼핑에서 판매하는 육아용품을 사본 사람이 있으면 어떤지 좀 알려달라, 식의 평범한 게시물 수준이었다. 당시의 덧글들도 모난 것 없었다. 하지만 그게 스무 살 애엄마가 쓴 것이라면 얘기가 달라진다는 투였다. 호구조사 같은 궁금증들이 쌓여갔다. 아기는 생후 오 개월이었다. 남편은 없고, 부모에게 쫓겨나다시피 해 겨우 전세금만 받아 혼자 사는 모양이었다. 그녀의 껍질이 벗겨질수록 조언을 빙자한 덧글이 달라붙었다. 사정이 딱하다, 남일 같지가 않다, 인사치레를 바탕에 깔고선 아이를 위해서라면 본인이 집에 그렇게 가만히 있어선 안 된다고 말했다. 주먹구구식의 생계가 언제까지 갈 것 같으냐. 가지의 가지가 뻗쳤다. 그 와중에 그녀를 위해 도움을 줄 물품을 모집하는 사람이 생겼다. 도리엄마는 사양했지만 계좌번호를 알려주면 입금까지 해주겠다는 이들이 있을 만큼 참여도가 대단했다. 현정 역시도 미리 사두었던 속싸개나 로션 같은 걸 몇 개 챙겼다. 도리엄마가 지내는 곳은 현정의 집에서 몇 정거장 안 떨어진 대학가 원룸촌이었다. 저도 같은 동네에 살고 있어서 그런지 괜히 더 마음 아프네요. 큰 도움은 아니지만 힘이 되었으면 해요. 딸아이를 사랑하는 마음이 예뻐요. 좋은 엄마가 되실 거예요. 현정의 댓글을 보고 개인 쪽지가 왔다. 물건을 모으고 있는 회원인 주호엄마였다. 현정은 물건을 택배로 부쳐줄 생각이었는데 주호엄마가 물건을 직접 가지러 오겠다며, 그 김에 같이 도리엄마의 집을 가는 게 어떻겠느냐고 물었다.

도리엄마와 현정은 그 이후 우연히 산부인과에서 마주쳤다. 둘은 현정의 집에서 같이 점심을 먹었고, 도리엄마는 대여섯 번을 연락 없이 더 찾아왔다. 대여섯 번 모두, 나갈 엄두가 나지 않을 만큼 아주 궂은날이었다. 도리엄마는 마치 그날이 오기만 기다린 사람처럼 인터폰 너머에 서 있었다. 폭염주의보 발령이 나서 창문이 불판처럼 달아오른 날이나, 하늘에 구멍 뚫린 것처럼 비가 쏟아지는 장마철일 때였다. 그녀가 메고 온 아기띠는

늘 땀 아니면 비에 젖어 있었다.

우산을 쓰고도 비에 쫄딱 젖은 몸을 털어내고 수건으로 아기의 몸도 닦아준 도리엄마는 여름 매트에 앉아 거실을 빙 둘러보더니 대뜸 집에 화투가 있느냐고 물었다. 커피포트에 물을 올리던 현정은 어리둥절해진 얼굴을 가로저었다. 도리엄마는 곧장 편의점에 가 화투를 사 왔다. 시간 때우는 덴 이게 딱이에요. 한 판 할래요? 뒤 집기를 하려고 몸을 끙끙거리는 도리를 보다가 현정은 아뇨, 괜찮아요, 하고 커피를 내왔다. 도리엄마가 어깨를 으쓱하며 패를 섞으려는데 휴대폰 알람이 울렸다. 그녀는 익숙하게 알람을 끄고 물 한 컵을 청했다. 현정이 물을 건네자 챙겨온 약과 같이 삼키며 웃었다. 언니 집 보리차 맛있네요. 아, 언니라고 불러도 되죠? 언니도 편하게 말 놔요. 현정은 주호엄마 앞에서 난처해하던 도리엄마의 모습을 떠올리던 것도 잠시, 온몸 힘껏 기지개 켜는 도리를 보며 고개를 끄덕였다.

언니, 혹시 생리대 있어요? 현정은 작은방으로 가 기저귀 옆에 둔 생리대를 집었다. 좁은 방은 열기로 그득

했다. 서둘러 거실로 나왔다. 화장실 문틈 사이로 내민 도리엄마의 손에 생리대를 쥐여주고 에어컨 앞에 등지고 섰다. 도리는 소파에 대자로 뻗어 색색거리며 자고 있었다. 이름을 들었는데 기억이 나질 않았다. 카페의 닉네임이기도 한 도리는 아기의 태명이었다. 고도리의 도리. 화투패에서 가장 좋아하는 조합이라고 했다. 뭐랄까, 가장 자유로워 보이잖아요. 새라서 그런가? 변기 레버 소리에 현정은 도리엄마가 가져온 모포로 가 앉았다. 도리엄마도 현정의 맞은편에 앉았다. 둘은 각자의 패를 들었다. 임신했을 땐 생리 안 하는 게 그렇게 좋았는데. 도리엄마는 딱 소리가 나게 홍초단에 홍싸리를 놓으며 투덜거렸다. 현정이 홍싸리 말고는 먹을 패가 없어서 머뭇거리는데, 도리엄마가 금세 웃는 얼굴이 돼선 박수를 치며 말했다. 맞아, 가슴 커진 것도 좋았어요. 나 완전 절벽이었는데 비 컵까지 큰 거 있죠? 언니처럼 원래 큰 사람들은 이 기쁨을 몰라요. 현정이 패를 낸 걸 보긴 한 건지 도리엄마는 제 차례가 온 줄도 모르게 깔깔 웃었다. 그러다 갑자기 눈치를 보더니 혹시 이런 얘기 싫으면 관둘게요, 했다. 아냐, 그런 거. 현정은 자신이 너무 빨리 대꾸해버려 저도 모르게 헛웃음을 터뜨렸다. 괜찮아. 도리엄마는 수다스러운 편이었지만 현정은 그게 편의점 잡담을 듣는 것처럼 불쾌하지는 않았다. 한 번씩은 도리엄마 본인도 조절할 수 없는 말들을 끊임없이 끄집어내기도 했는데, 그 모습을 보고 있으면 차마 막지 못할 연민이 들었다. 도리엄마는 집게손으로 패를 집으며 웃었다. 그럴 것 같았어요. 오케이, 청단. 언니는 남편분이랑 사이가 어때요? 현정은 쟁반으로 손을 뻗어 포도알을 입에 넣었다. 혀로 굴리다가 과즙이 툭 터지게 씹었다. 언니는 몸매도 되고, 주말부부겠다, 남편이 가만두질 않을 것 같은데. 도리엄마도 잘라놓은 수박을 포크로 찍어 먹었다. 현정은 포도 씨를 뱉고 비도리에 비광을 놓았다. 딱히 그렇지도 않아. 다른 패는 맞는 게 없었다. 우리는 꼭……. 모르겠어. 각자 해결하는 것 같아. 서로의 몸을 이용해서. 비도리와 비광을 집어서 자리에 뒀다. 그러는 것 같아. 반쯤 내리간 시선으로 포도 한 알을 더 떼어 먹었다. 적막이 찾아오나 싶을 때 도리엄마가

가부좌 튼 현정의 허벅지를 가볍게 두드렸다. 언니, 나
도 전에 남편이랑 살았을 때 그랬어요. 분명 침대엔 오
빠랑 나 둘뿐인데 어느 순간 세 명이 또 네 명이 되기도
했어요. 서로로는 만족을 못해서 이 사람 저 사람 막 떠
올리면서 상상하는 거예요. 어, 삼광까지. 스톱. 내가 너
무 이겨버리네. 모포 위로 작고 하얀 손이 패를 뒤섞었
다. 등 뒤로 도리가 우는 소리를 냈다. 도리엄마는 도리
를 안아 어르면서 데려왔다. 지금 젖 먹이면 더 자요, 잠
깐만요. 윗도리를 들추고 수유 패드를 빼고선 브래지어
를 끌어올렸다. 아기는 곧장 젖을 빨았다. 등을 도닥여
주자 숨소리가 점차 커지며 거실을 메웠다. 자면서 입술
은 계속 오물거렸다. 목 넘기는 소리가 현정에게도 들렸
다. 긴 속눈썹과 또렷한 입술산이 도리엄마와 꼭 닮았
다. 현정은 화투패의 우둘투둘한 등을 만졌다. 남편은.
도리엄마는 아기를 내려다보던 눈썹을 들어올렸다. 남
편은, 항상 마지막에 가서 죽여달라고 그래. 현정은 패
를 놓고 손바닥을 모포에 문질렀다. 다른 말은 덧붙이지
도 않아. 그냥, 죽여줘,라고 해. 죽여줘, 죽여줘, 하고. 도

22

리엄마는 현정을 가만히 보다가 젖을 뗐다. 아이를 눕히고 손수건으로 젖꼭지에 솟은 모유 방울을 닦으며 패드를 넣고 브래지어와 옷을 내렸다. 그럼, 죽은 남편의 몸에서 보석이 나온 거네요. 어깨를 으쓱하며 도리엄마는 웃었다. 안 그래요, 보석엄마?

아이를 밴 동안 현정은 남편과 다투는 일이 거의 없었다. 금요일 밤에 와서 일요일 저녁에 떠나는 시간 정도는 부부가 각자 충분히 감정을 다스렸다. 무언의 규칙 같기도 했다. 현정은 남편이 자처해서 출장을 갔다는 걸 어렴풋 짐작했다. 어떤 날은 그가 제 몸만 사린 것 같아 사무치게 괘씸했다. 그러다가도 한밤중 회식 자리의 술에 절어 아이처럼 징징거리는 목소리를 수화기 너머로 듣고 있노라면, 그래, 서로에게 좋은 일일지도 모른다고 여겼다. 고깃집이나 곱창집 앞 보도블록에 아무렇게나 주저앉아 숨을 몰아쉬어대는 몸이 곁에 없다는 게 안심이었다. 현정은 누군가를 더 보듬을 여력이 없었다.

자잘한 불만들이 쌓여 터지는 때도 있기는 했다. 시시콜콜한 문제가 꼬리에 꼬리를 문지라, 나중에 되짚어보면 발단이 무엇이었는지 감도 잡지 못했다. 비가 들이붓는 새벽에 화를 제대로 삭이지도 못한 남편이 떠나고, 몇 시간 뒤 도리엄마가 찾아왔다. 현정은 사소한 말에도 날이 서 있었고 도리엄마는 그런 현정의 기분을 풀어줄 요량으로 이런저런 말을 건넸다. 카페의 화젯거리랄지 안 보던 사이 도리가 새로이 움직이게 된 점들……. 언니, 그거 알아요? 언니 카페 사람들이랑 우리 집 다녀가고 나서 나중에 산부인과에서 마주쳤잖아요. 실은 그전부터 나는 언니 얼굴 알고 있었어요. 로비에서 몇 번 봤거든요. 언니가 매번 남편 없이 오길래 나처럼 혼자 애 키우는 줄 알았어요. 말 한번 걸어보고 싶더라구요. 가까스로 몸을 뒤집으며 방싯거리는 도리를 우두커니 보고만 있던 현정은 그제야 도리엄마를 쳐다봤다. 나도 미혼모인 줄 알았다고? 도리엄마는 손사래를 쳤다. 아니, 나쁜 뜻은 아니에요, 언니. 현정은 외면하듯 고개를 돌렸다. 도리엄마도 입을 다물었다. 현정은 텅 빈 기분이 휩싸였다. 이게 허전한 건지 허기진 건지도 분간이 안 됐다. 무엇으로도 채울 수 없을 것 같은 공허함이 바깥의 비처럼 온몸에 쏟아졌다. 뱃속의 발길질을 무시하며 현정은 남편과 싸운 대화 한마디 한마디를 집요하게 짚어보았다. 요 몇 달 깜박 잊어 제때 내지 못한 관리비, 빨래거리를 늘 집으로 가져오는 남편, 출장 기간이 더 늘지도 모른다는 한숨……. 그중 고기 얘기도 있었다. 부부는 둘 다 육고기를 좋아했지만 바짝 익히는 건 남편의 취향이었다. 남편은 다 익은 고기도 불판에 꾹꾹 누르고서야 입으로 넣는 성미였다. 한번은 현정이 육회를 먹고 싶다고 하자 적잖이 황당한 얼굴의 남편은 좀 참아, 알아서 먼저 가리지는 못할망정, 하고 핀잔을 놓았다. 하루 종일 집에 있으면서 손톱도 제대로 안 자르고 뭐 했냐는 소리에 대꾸를 하다가 그때의 고기 얘기까지 나왔다. 그거 조금 먹는다고 애 망칠 일 없다고, 당신은 보석 말고 내가 보이기는 하는 거냐며, 그럼 당신도 내 앞에서 익힌 고기 먹지 말라는, 지금 생각하면 유치하기 짝이 없는 말을 되는대로 지껄인 현정이었다.

그 순간을 떠올리던 현정은 벌떡 자리에서 일어났다. 도리엄마가 뭐라 말 붙이기도 전에 집 밖으로 나가 근

처 고깃집에서 육회를 이인분 포장해왔다. 식탁에 펼쳐
놓고 도리엄마에게 먹으라고 하며 먼저 앉아 자기 몫의
뚜껑을 열었다. 가슴처럼 봉긋하게 쌓아놓은 육회 가운
데에 젓가락을 꽂았다. 모양을 흐트러뜨렸다. 몇 가닥을
집어 들어선 침이 고이도록 앞에 들어보다가 입을 벌렸
다. 맞물리는 치아 사이로 연한 질감을 느꼈다. 혀끝을
통해 육즙의 맛이 퍼져나갔다. 바짝 구운 고기에선 절대
맛볼 수 없는 거였다. 한참을 내씹다가 삼켰다. 쉬지 않
고 젓가락질을 했다. 마지막 가닥까지 싹싹 긁어 먹었
다. 코를 박듯 구부정히 있던 허리를 펴고 물을 마시려
고 하니, 식탁에 가만히 앉아 있는 도리엄마를 발견했
다. 안 먹어? 육회 좋아한다지 않았니? 도리엄마는 엷게
웃으며 현정에게 그릇을 밀었다. 마저 먹어요, 언니. 휴
대폰 알람이 울렸다. 도리엄마는 알람을 끄고 알아서 냉
장고로 가 물을 따랐다. 현정은 남은 몫의 육회를 씹어
삼키며 저게 무슨 약인지 여태 물은 적이 없다는 걸 알
아차리다가, 이내 다시 젓가락질에 몰두했다. 그리고 분
리수거통에 그릇을 넣은 지 채 한 시간도 되지 않아 먹

은 걸 모조리 게워냈다. 도리엄마는 참을성 있게 변기통을 붙잡은 현정의 옆에 쭈그려 앉아 등을 쓸어주었다. 괜찮아요. 괜찮아요, 언니. 화장실 문 밖으로 도리 우는 소리가 자지러졌지만 도리엄마는 곁에서 떨어지지 않았다. 그게 그녀의 마지막 방문이었다.

3

외출은 몰아서 하는 편이다. 주로 남편이 오는 금요일로 잡는다. 현정은 아침 일찍 드라이클리닝을 맡긴 남편의 옷을 찾아와 시간 확인을 한다. 산부인과 예약까지 여유가 있다. 냉동실에 얼려둔 소고기가 생각나 뭇국을 끓일 생각으로 간단히 장도 본다. 돌아오는 길에 정육점 남자들이 알은체를 한다. 남편 오는 날 아니냐며, 고기는 필요 없느냐고 묻는다. 저번에 사고 남은 거 있어요. 예에, 그럼 언제든지 또 오세요, 좋은 놈으로 드릴게. 희롱 같은 웃음을 뒤로하고 현정은 걸음이 빨라진다.

간단히 청소기를 돌리고 나갈 채비를 한다. 냉동실에서 얼린 고기를 빼 싱크대에 둔다. 병원에 다녀오면 알맞게 녹아 있을 것이다. 손수건을 챙겨 넣으며 집을 나선다. 건물 현관부터 부산스러운 목소리들이 울린다. 편의점 간이테이블은 공사장 인부 셋의 술상이 되어 있다. 그들은 종이컵에 가득 채운 막걸리를 주고받는다. 빈 막걸리 통들과 과자 안주, 담배꽁초 따위가 제멋대로 늘어진 술판을 보며 지나가는데 정적이 찾아오자 현정은 인부들에게 눈을 돌린다. 그들의 시선이 자신의 배에 꽂혀 있다. 그러곤 이내 아무것도 안 본 듯 벌겋게 오른 서로의 얼굴을 향해 목소리를 높인다. 현정도 마찬가지로 모른 척 발걸음을 옮기려다 정육점 방향인 걸 알고 반대편으로 돌아선다. 그쪽에서 불어오는 마른바람에 흙먼지가 인다. 현정은 손수건으로 코와 입을 가린다. 빌라의 바로 옆, 짓다 만 앙상한 철골 구조물로 탓잡는 눈길이 간다. 있죠, 난 전에 오빠랑 공사장에서 자본 적도 있어요. 도리엄마의 웃음소리가 바람처럼 스친다. 현정은 배를 감싸고 앞으로 나아간다. 뜻밖에도 자신은 도리엄마를 꽤 많이 생각하고 있었다. 뜻밖이라고밖에는, 그녀도 자신의 속을 알 수가 없다.

휴대폰 사진을 들여다본다. 찰흙을 조물락조물락 만져서 나온 것 같은 얼굴이 있다. 이제는 제법 이목구비가 뚜렷했다. 산부인과 나왔어, 보석이 상태는 아주 좋대. 남편에게 사진을 보내는데 타고 있던 버스가 휘청거린다. 현정은 반사적으로 기둥을 붙잡으며 놀란 가슴을 진정시킨다. 앉을 자리가 없었다. 기둥 옆에 앉아 현정을 보던 아주머니와 눈이 마주친다. 현정은 멋쩍은 웃음을 흘린다. 아주머니는 같이 웃어주다가 돌연 미간을 찌푸리며 뒷사람에게 눈치를 준다. 이어폰을 끼고 게임을 하는 여학생이다. 현정이 괜찮다고 말하기도 전에 아주머니는 저기 학생, 하며 무릎을 탁탁 두드린다. 학생은 힐긋 아주머니를 보는가 싶더니 어, 하며 잽싸게 게임 조종을 한다. 애! 아주머니는 아예 뒷좌석 쪽으로 몸을 튼다. 아, 왜요? 고개를 쳐들던 아이가 현정의 배를 발견한다. 이어 현정과 눈이 마주치자 엉거주춤 자리에서 일어난다. 게임을 망친 모양인지 액정을 보며 아

씨, 하고 읊조린다. 아주머니가 기다렸다는 듯 학생! 하고 날을 세운다. 일어났잖아요! 지지 않은 대꾸가 나오기 무섭게 현정은 그들을 번갈아 살피며 손사래를 친다. 전 괜찮아요, 다음 정거장에서 내릴 거라 앉을 필요 없어요. 학생, 거기 앉아, 괜찮아. 아주머니도 저 생각해주셔서 감사해요. 학생은 현정을 보더니 고개를 꾸벅이곤 자리에 앉는다. 아주머니도 뭔가 말을 붙이려다 혀를 차는 걸로 대신하며 돌아서 앉는다. 아무도 벨을 누르지 않았는데 다음 정거장에 다다르니 버스가 선다. 기사가 거울로 현정을 본다. 모두의 시선이 느껴진다. 어떤 표정을 지어야 할지 모르게 버스에서 내린다. 더운 바람을 일으키며 떠나는 꽁무니를 본다. 가슴께에 찬 땀이 배를 타고 흐른다. 해가 따갑다. 요 며칠 가을 날씨 같지 않은 더위가 이어지고 있다. 손수건으로 이마를 훔치며 정거장 정차 버스를 확인한다. 방금 탄 버스가 다시 오려면 이십 분 가량은 있어야 하고, 나머지는 다 환승을 거쳐야 한다. 밀린 답답함이 속을 누른다. 좀 걷고 싶은 마음에 현정은 집 방향으로 발을 딛는다.

녹색불인데도 현정이 횡단보도를 지나자마자 대기 중이던 승용차가 움직인다. 현정은 종종걸음으로 인도에 다다르며 뒤늦게 휴대폰 벨소리를 감지한다. 액정에 주호엄마가 떠 있다. 아까 진료를 받던 중에도 전화가 왔던 게 떠오른다. 현정은 가로수 그늘 아래로 가 전화를 받는다. 여보세요? 보석맘님, 지금 바쁘세요? 무슨 일 있나요? 현정은 미미한 어지럼증을 느낀다. 시간 되시면 지금 좀 같이 가주셨음 해서요. 어디를요? 도리 맘님 집이오. 이왕이면 처음 갔던 멤버대로 갔으면 싶네요. 연락이 닿았는데, 아무래도 대화를 할 필요가 있는 것 같아서요. 주호엄마는 현정이 기억하던 음성보다 높아진 톤으로 말한다. 현정은 얼마 전 카페에서 도리엄마의 근황을 묻는 글이 올라왔던 걸 떠올리며 호기심이 앞선다. 하지만 등을 두드리며 괜찮다고 말하던 그녀의 얼굴을 다시 볼 자신이 없어 망설여진다. 건너편에 고꾸라진 노점 파라솔을 멀거니 보다가 현정은 입을 연다. 저, 죄송해요. 지금 사정이 여의치 않네요. 많이 바쁘세요? 그게 좀……. 그래요. 어쩔 수 없네요. 알겠어요,

일 보세요. 통화 종료된 액정을 보고서 손을 떨군다. 현정은 티셔츠 자락을 잡아 펄럭인다. 아무도 오가지 않는 주변을 살핀 뒤 옷 속으로 손수건을 넣어 살이 접힌 곳을 닦아낸다. 제법 축축해진 손수건을 본다. 도리엄마가 집에 두고 갔던 손수건이다. 귀퉁이에 곰돌이가 그려진 가제수건이다. 그걸 알아차리자 괜히 겸연쩍어져, 손수건을 가지런히 접어서 가방에 넣는다. 남편에게 보냈던 메시지를 확인한다. 아직 읽은 흔적이 없다. 늦을 수도 있다고, 일이 밀려 끝마치는 대로 올라올 거라더니 정신이 없는 모양이다. 그렇게 여긴다. 다시 걷는다. 천천히, 지나치는 나무의 수를 꼽아간다. 나무줄기나 잎사귀에 눈길을 두다가, 현정은 휴대폰을 든다. 주호엄마에게 전화를 건다.

보석맘님, 하고 부르는 소리를 따라 고개를 돌린다. 차창이 내려간 승용차에서 주호엄마를 발견한다. 뒷좌석에 몸을 싣는다. 조수석에는 안면이 있는 카페 회원이 타고 있다. 육아일기처럼 아이들 일상 사진을 카페에 즐겨 올리는 회원이다. 인사를 나누고 옆을 본다. 베이비

시트에 앉아 휴대폰 게임에 열중인 주호가 있다. 김주
호, 아주머니한테 인사해야지. 주호는 그제야 현정을 발
견한 양 안녕하세요, 하곤 다시 휴대폰을 본다. 주호엄
마는 룸미러로 못마땅한 눈치를 주다가 내비게이션 설
정을 한다. 도리엄마의 원룸이다. 말이 원룸이지 고시텔
수준과 다를 바 없는 탁한 환경이다. 차가 나아가고 몇
분 안 돼 앞좌석에 앉은 회원이 도리엄마가 사는 대학
촌이 치안이 안 좋다는 둥, 거기서 요즘 오피스 성매매
가 유행이라는 둥, 시궁창 같은 곳이라는 둥의 말을 던
진다. 주호엄마는 적당히 받아치며 룸미러로 현정을 보
다가 간단한 안부를 묻는다. 현정은 머쓱한 티를 내지
않으려 밝게 대답을 한다. 신호를 받고 차가 서자 주호
엄마는 커피를 한 모금 마신다. 트레이에 컵을 놓고 유
연하게 핸들을 돌린다. 컵에 묻은 입술 자국을 보고 있
자니 현정은 가방에 든 손수건이 생각난다. 후회감이 밀
려왔다 스러지길 반복한다.

도리엄마는 건물 앞에 나와 있다. 살이 조금 빠진 것
같기도 하다. 도리는 포대기에 싸여 그녀의 품에 안겨

있다. 주호에게 차에 가만히 있으라 주의를 주고 뒤따라 오던 주호엄마가 슬쩍 현정의 곁으로 와 중얼거리듯 말한다. 보석맘님, 오늘 있는 일 카페에 좀 올려주시겠어요? 회원님들이 궁금해서요. 현정은 순간 눈이 동그래져 거절하려는데 주호엄마는 바로 도리엄마에게 가버린다. 도리엄마는 두 여자와 인사를 나누고서 현정을 본다. 현정은 얼떨떨하게 주호엄마를 보다가 일단은 도리엄마에게 눈인사를 한다. 그녀도 따라 고개를 숙인다. 자, 일단 들어가서 얘기할까요? 주호엄마가 자연스럽게 발을 내디디려는데 도리엄마가 마주 서며 가로막는다. 아니요, 얘기는 여기서 끝냈으면 해요. 여기서요? 주호엄마는 도리엄마 또래의 대학생들이 오고 가는 길목을 휘 둘러본다. 여기는 좀……. 도리엄마는 아랑곳 않는 얼굴로 말한다. 하실 말씀 하시고 가주셨으면 해요. 집은 좀 내키지 않아서. 그와 동시에 현정은 예고 없는 태동으로 몸을 움찔한다. 괜찮아요? 세 명의 시선이 쏠린다. 언니 힘들면 들어가구요. 현정은 땀을 닦는 척 손바닥을 옷에 문지르며 도리머리 짓는다. 아냐, 난 괜찮아.

신경 쓰지 마. 신경 쓰지 마세요. 주호엄마는 눈을 가느다랗게 뜨더니 등을 돌린다. 둘이 따로 연락하고 그랬나 봐요. 말도 놓는 걸 보니. 어머, 그러네. 차에선 별말 없었잖아요. 생쥐를 모는 듯한 둘의 시선이 도리엄마에게 가 닿는다. 쥐구멍을 찾고 싶은 심정으로 현정도 도리엄마를 본다. 도리엄마는 침착하게 대꾸한다. 하실 얘기 있던 거, 아니셨어요? 주호엄마는 슬그머니 팔짱을 낀다. 맞아요. 분위기가 예상과 다르게 흐르는 것 같아 현정은 자리가 불편해진다. 어딘지 모르게 위태롭게 서 있는 듯한 도리엄마에게서 시선을 돌려, 제 앞에 선 주호엄마의 뒷모습을 본다. 그녀가 신고 있는 얇고 뾰족한 하이힐 굽을 보다가, 발목과 종아리를 지나 허벅지의 튼 살에 눈길이 머문다. 도리맘님, 저번에 왔을 때 알려준 구청실무조사 신청 혹시 해봤어요? 아니면 영유아 어린이집이나, 미혼모 센터는요? 돌아오는 답은 없다. 도리엄마는 다문 입술에 힘을 준다. 함께 온 회원의 입에서 기가 찬 듯한 웃음이 터진다. 주호엄마는 회원을 힐긋 보고 말을 잇는다. 분명 이런저런 혜택 받을 길이 있을 거예요. 카페 사람들이 우리 도리맘님 동생 같아서 그런 거 직접 알아봐주고, 도움 될 만한 물건도 주고 한 건데……. 도리맘님, 엄마잖아요. 품 안에 든 그 작은 핏덩이 위해서 뭐라도 할 마음이 들지 않아요? 주호엄마는 한숨을 몰아쉬며 주변을 둘러본다. 저만치에 서서 구경하고 있던 여자 둘의 눈이 이쪽과 마주치자 발길을 돌린다. 주호엄마는 머리를 쓸어 올리며 도리엄마를 본다.

도리맘님. 주호엄마가 달래듯 한발 다가간다. 도리엄마는 시선을 떨구는가 싶더니 도리를 고쳐 안고서 입을 뗀다. 전 도와달라고 한 적 없어요. 예전에 오셨을 때도 전 나름대로 충분히 거절했다고 생각하고요. 물론 듣지 않으셨겠지만. 그게 무슨 말이죠? 고개를 갸웃하는 주호엄마를 향해 도리엄마는 허탈한 듯 웃으며 말한다. 주호맘님은 저를 티브이에 나오던 그 노숙자들처럼 취급하는 거 아니세요? 못사는 사람들 위해 대신 여기저기 손 벌리고 나서는 거 말이에요. 어머, 애 좀 봐. 지금 좋게 좋게 어르니까 못하는 말이 없네? 회원의 날 선 소리를 뒤로 주호엄마는 구두 앞굽으로 바닥을 딱딱 두드리다가 현정에게 고개를 돌린다. 현정은 방금 전 구경하던 여자들과 다를 바 없이 꿀 먹은 양 지켜만 볼 뿐이다. 주호엄마는 현정을 훑어보다 앞으로 몸을 튼다. ……그게 나쁜 거니? 주호엄마는 회원과 현정, 그리고 도리엄마를 다시 한 번씩 쳐다본다. 그게 나쁜 거야? 잠깐의 정적을 뒤로, 엄마아, 하는 주호의 목소리가 들린다. 주호는 시트에 나와 차창 밖으로 고개를 쑥 빼고 있다. 들어가 있어, 김주호. 도리엄마는 고개를 떨어뜨리는 것처럼 포대기 안을 본다. 회원은 더 상종할 것도 없다는 듯 손을 내젓는다. 어디선가 서로에게 욕설을 외쳐대는 무리의 소리가 야단스럽게 들려온다. 도리엄마는 무어라 입속말을 하는가 싶더니 한껏 충혈된 눈으로 목소리에 힘을 싣는다. 저는 그냥, 거기서라도, 다른 엄마들이랑 똑같이 있고 싶었어요. 그게 다예요. 뒤에서 테이프가 늘어지는 것같이 주호가 엄마를 부른다. 그래서 지금 우리가 이렇게, 김주호! 가만히 있지 못해? 저는 더 할 말이 없어요. 이제 연락하지 마세요. 돌아서는 도리엄마를 주호엄마가 머뭇거리다 붙잡는다. 붙잡고도 계속 소

리 내는 주호 쪽을 살핀다. 도리엄마는 포대기가 기울어
지자 손을 뿌리치며 포대기를 바로 잡는다. 주머니에서
알람 소리가 울린다. 반사적으로 주머니에 손을 대려던
도리엄마는 다시 중심을 잃는다. 주호가 고장 난 기계
처럼 반복해서 엄마를 부른다. 엄마아. 엄마아. 나 쉬 마
려. 나 쉬이. 엄마아아. 주변에 생긴 몇몇 구경꾼은 이제
당사자와 눈을 마주치고도 자리를 뜨지 않는다. 매캐한
잡내가 바람결에 밀려든다. 도리엄마는 알람 소리가 계
속 나는 채로 모두의 얼굴을, 그리고 현정의 얼굴을 눈
에 담는 듯 보고 건물로 들어간다. 층계를 밟으며 지하
로 향한다. 주호엄마는 도리엄마를 따라 몇 걸음 나아가
다 돌아선다. 주호를 안아 들어 주변을 살피다 한 상가
로 걸음을 친다. 아, 뭔가 드라마 덜 본 기분인데요. 회
원이 현정을 보곤 입맛을 다신다. 근데 다 틀린 말은 아
니에요. 주호맘님 저러는 거 하루 이틀도 아니니까. 입
꼬리를 긁적이며 말한다. 듣자 하니 결혼하고 남편 월급
만 꼬박꼬박 타서 쓰고, 자식들 꼬박꼬박 키워서 지내기
가 어지간히 싫었던 모양이에요. 구경꾼들도 흩어지고

사위는 금방 고요를 되찾는다. 출처 모를 소음만이 메아리처럼 왔다 간다. 현정은 가방에 든 손수건의 무게감이 느껴지는 듯하다. 누가 그렇게 말했어요? 회원이 의아한 표정을 짓는다. 알 만한 회원들은 다 알아요. 현정은 빛이 들지 않아 어둑하고 음습한 건물 입구를 본다. 아래 층계는 보이지 않아, 발을 디디면 그대로 몸이 고꾸라질 것 같은 상상이 든다. 현정은 건물로 한 발을 내밀다가 그를 축으로 삼아 몸을 튼다. 전 좀 피곤해서, 택시 타고 먼저 들어갈게요. 현정은 똑같이 생긴 건물과 건물 사이로 간다. 회원이 얼마간 현정을 부르다 그치고 만다.

사람들이 없는 쪽으로만 무작정 가던 현정은 골목을 빠져나와 교차로 횡단보도 앞에 선다. 움직이던 차들을 망연히 바라보다가 휴대폰 문자음에 퍼뜩 정신이 든다. 맞은편 횡단보도 등을 본다. 죽은 듯 꺼져 있다. 제 곁의 등도 확인하는데 마찬가지로 꺼져 있어 현정은 기운이 빠진다. 승합차가 지나가며 더운 바람을 일으킨다. 현정은 손수건을 꺼낼 생각도 못하고 자동차 신호등으로 고개를 든다. 놓여 있는 네 대의 신호등 모두 노란불만을 깜박인다. 현정은 돌아서서 자신이 나온 골목을 본다. 내키지 않는다. 다시 몸을 돌리는데 지나치는 차를 보고 지레 뒷걸음을 친다. 현정은 숨을 천천히 들이켜며 배를 만진다. 그 속이 고요하다. 익숙한 소음이 찾아오자 잠에 든 모양이다. 문득 싱크대에 있을 고깃덩이가 생각난다. 이미 다 녹아서, 주변에 잔뜩 물이 고여 있을 것이다. 구름 없는 하늘을 본다. 마냥 멀기만 한 그 거리를 가늠해보려다 현정은 일순간 몸이 나른해진다. 해가 떠 있을 때는 느껴보지 못했던 낯선 졸음이 밀려온다.

경로

눈을 뜨고도 한참 동안 의심스러웠다. 나는 누운 채 천장을 노려보았다. 빛바랜 도배지에 얼룩진 모서리들이 들어왔다. 그러는 동안 곰팡내에 바다 비린내가 섞여 콧속으로 밀려들었다. 그제야 움직일 염이 나서 이불을 걷어내고 상체를 일으켰다. 가슴께 정도에 오는 낮고 커다란 창문이 반쯤 열려, 그 사이로 바닷바람이 들고 있었다. 해가 뜬 듯했지만 아직 새벽안개가 가시질 않아 희부윰했다. 창밖 곁에 묶인 누렁이가 보이고 바깥 화장실 지붕은 겨우 형체만 드러냈다.

두 손을 들어 느리게 마른세수를 하다가, 그대로 얼굴

을 감싸며 얼마를 더 있었다. 미지근한 콧김이 손안에
돌았다. 꿈자리가 어수선해 눈을 뜨고서도 내가 진짜 눈
을 뜬 게 맞는지 알 수가 없었다. 앞뒤가 맞지도 않은 꿈
을 단속적으로 꽤 여러 번 꿨는데, 다른 건 아무래도 몽
연하고 딸아이와 통화를 하던 꿈은 생생했다. 일어나기
직전에 꾼 것이라 별난가 싶다가도 한편으론 정말 딸과
통화를 한 기분이 들었다.

　베개 옆에 놓인 휴대폰을 집어 들었다. 아홉시를 넘어
가고 있었다. 시간만 확인하고 자리에 두려다가 액정을
다시 밝혔다. 잠금을 해제하고 통화목록 버튼에 손가락
을 댔다. 익숙한 이름들만 죽 늘어져 있는데, 목록 맨 윗
줄에 '딸'이란 글자가 보였다.

　엄마?

　…….

　엄마?

　으응.

　자세요?

　응. 아니.

집이세요?

응. 여기, 아버지, 아, 외할아버지 댁.

저 혹시 거기 가도 돼요?

으응. 와.

알겠어요. 마저 자세요.

나는 꿈결 같은 대화를 어렴풋 되짚어보았다. 그다음, 통화 시각을 확인했다. 사십 분 전이었다. 전화를 걸까 했는데 왠지 부담이 앞섰다. 어디니? 문자를 보냈다. 휴대폰을 두고 벽에 걸린 달력으로 눈을 돌렸다. 동자승 여럿이서 연꽃 밭을 배경으로 찍은 사진 밑에, 칸칸마다 자리한 숫자를 헤아렸다. 딸과 나 사이에 특별히 챙겨야 할 만한 기념일은 없었다. 여느 때와 다름없는 토요일 아침이었다. 딸아이한테서 답장이 왔다. 지하철이오. 다섯 글자를 멍하니 보고 있자니 한 통이 더 왔다. 삼십 분 후 도착 예정이래요. 삼십 분. 통화를 하고 곧바로 출발한 모양이었다. 너 여기 어떻게 오는지 아니? 네, 아빠가 알려줬어요. 나는 엄지로 화면을 올렸다 내리길 반복했다. 역으로 마중 나갈게. 도착하면 전화해.

스탠드 행거에서 겉옷을 뺐다. 방을 나가려다 창문 아래 화장대에 쭈그려 앉아, 경대 거울을 꺼내 세웠다. 눈곱 같은 게 꼈는지 확인하며, 머리끈에서 삐져나와 뻗친 머리카락을 묶어 정리했다. 미닫이문 바퀴가 요란하게 굴러가면서 문턱까지 오른 안개가 마루로 밀려났다. 할머니가 마루에 앉아 있었다. 할머니는 한쪽 다리를 접어 세워 앉은 채, 부연 마당 언저리를 보고 있다가 내 쪽으로 고개를 돌렸다. 나는 겉옷을 입으며 그 곁으로 갔다.

"할머니, 증손녀 온대요."

"……그래."

할머니는 신트림을 뱉어내고선 트림 뒤끝처럼 대꾸했다. 신경성 소화불량으로 오랜 세월을 지내온지라 할머니는 으레 습관처럼 트림을 했다. 나는 겉옷 주머니 속에 차키가 있는지 확인했다. 할머니는 무릎에 얹은 손으로 합장주 알을 넘기면서 마당을 건너다보았다.

"상추가 마침 좋아서 쌈 싸 먹으면 되겠어. 조기랑 바지락국이랑 해서."

나도 따라 그쪽을 봤지만 마당 끝의 텃밭까진 시야가

46

트이지 않았다. 그래도 텃밭과 상추를 본 것처럼 끄덕였다. 시간을 확인하고서 마루 밑으로 손을 뻗었다. 냉기 서린 샌들을 빼냈다.

"데리러 갔다 올게요. 아버지 오면 대신 좀 전해주세요."

"그래."

꼬리를 흔들며 앞발을 치켜드는 누렁이를 뒤로하고, 대문 앞에 주차된 차로 갔다. 차는 멀끔하게 닦여 있었다. 아버지의 손길이었다.

집에서 역까지는 차로 이십 분, 빠르면 십오 분이면 닿을 거리였다. 지금이야 어느 정도 여유가 있지만, 조금이라도 더 잠자리에 있었다간 딸 혼자서 집까지 찾아왔을지 모를 일이었다. 안개등을 켜놓고 느릿느릿 골목을 나아가자니 문득 바람 빠진 숨이 나왔다.

마을 어귀를 나가는데 안개 속으로 눈 익은 걸 지나친 것 같았다. 차를 세우고 뒤를 돌아봤다. 누군가 서 있었다. 아버지 같은 예감이 들어서 후진을 했다. 아버지는 내가 어귀에 진입할 때부터 이미 날 알아보고 있던 모양이었다. 차창을 내렸다.

"어디 가세요?"

"소금밭 가는 길이다."

"승연이가 지금 오고 있대요. 역에 데리러 가려구요."

"그래."

입을 다물고 서슴는데 아버지는 내가 가야 하는 길로 눈길을 던졌다. 그쪽에서 인기척이 가까워지더니, 안개를 뚫고 창수가 알은체를 해왔다. 그는 삼 년여 전부터 염전에서 아버지를 돕고 있는 사람이었다. 넉살 좋고 웃음이 많았다.

"미라 씨, 어디 가는 길이세요?"

"딸이 온다고 해서요."

"딸? 미라 씨 딸이오? 와, 이따가 염전 한번 데리고 와요! 미라 씨 딸은, 아, 잠깐 실례!"

창수는 손바닥을 들어보이곤 전화를 받았다. 염전 체험과 관련한 문의인 것 같았다. 나는 아버지에게 다녀오겠다고 말했다. 아버지는 고개를 끄덕였고 창수와도 눈인사를 나누었다.

신호에 걸려 기다리던 중, 마지막으로 본 딸의 기억을 더듬어보았다. 오 개월, 육 개월 전쯤 됐을까. 생각보다 오래되었다는 사실에 새삼 딸과의 재회가 낯설게 느껴졌다. 하지만 그것도 잠시일 뿐, 이미 때를 놓친 감정이라 금방 사그라지고 말았다. 앞선 차의 후방등에 불빛이 들어오는 걸 보고 가속페달을 밟았다.

나는 남편과 딸을 63빌딩 앞에서 만났고, 그 앞에서 헤어졌다. 만나서 밥을 먹고, 영화를 보고, 카페에 갔다가 마지막으로 수족관을 갔다. 가만 보면 밥을 먹고, 카페에 갔다가, 영화를 보고 수족관을 갔던 것 같기도 했다. 어쨌든 카페에서는 창가에 앉아 서로 창밖만 바라봤고, 레스토랑에서는 식사에만 열중했으며, 영화관에서는 예매율이 높다는 애니메이션을 감상했고, 수족관에서는 펭귄 먹이 주기 공연을 관람했다. 기억은 그 정도였고, 왜 만났는지조차도 가물가물했다. 다만 내게 또렷하게 남은 이미지는 남편과 딸의 뒷모습이었다. 우리 셋은 이동을 할 때 한 줄로 움직였다. 어쩌다 얘기 몇 마디를 나누더라도 옆에 서는 건 그뿐이었고, 슬그머니 누군가의 앞이나 뒤로 가게 되었다. 남편은 한곳을 집중적으로 바라보며 느긋하게 걷는 편이었고 딸은 여기저기를 살펴보며 짧은 보폭으로 빠르게 걸었다. 머리는 풀고 있었는데 머리카락에 끈으로 묶어서 남아 있는 자국까지도 나는 선명하게 기억났다.

읍내에 들어설 무렵에는 차차 안개가 걷혔다. 햇살이 강렬하게 쬐어와 선글라스를 찾아 썼다. 입출구가 하나뿐인 역에 다다라서 가로수 아래 차를 세웠다. 휴대폰 화면을 눌렀지만 부재중 알림 같은 건 뜨지 않았다. 안전띠를 끌렀다. 깍지 낀 손을 정면으로 쭉 밀며 기지개를 켜는데, 사람들이 하나둘 역에서 나왔다. 나는 상체를 기울였다. 왜소한 체격에 주위를 두리번거리는 딸아이를 어렵지 않게 찾을 수 있었다. 차창을 내렸다. 고개를 내밀고 딸을 불렀다. 딸은 이어폰을 끼고 있었다. 나가서 데려와야 하나, 싶을 때 딸의 몸이 이쪽으로 돌았다. 선글라스를 벗고 손짓을 했다. 딸이 이어폰을 빼며 걸어왔다. 선글라스를 다시 쓰고 창문을 올렸다. 카오디오 전원을 누르자 뉴에이지 피아노 선율이 차 안에 퍼져갔다. 조수석 문이 열렸다.

"어서 와."

딸은 아이라인 꼬리가 빠진 눈을 깜박이며 네, 하고
대꾸했다. 내가 시동을 걸고 안전띠를 매자 딸도 안전띠
로 손을 뻗었다.

"잘 찾아왔네, 먼 곳까지."

유턴을 해서 빠져나오자마자 신호에 걸렸다. 우리는
서로를 봤다. 화장기가 있어 낯선 느낌이 나는 딸아이를
보며, 아이가 몇 살이나 됐을지 생각했다. 열넷? 열다
섯? 당혹감이 들었다.

"고생했어."

"괜찮아요."

나이를 몰라도 괜찮다는 말처럼 들렸다.

"익숙해요, 이런 거."

"익숙하다니?"

"초록불 됐어요."

딸은 턱짓으로 앞을 가리켰다. 멀리 가는 게 익숙하다
는 걸까, 혼자 있는 게 익숙하다는 걸까, 아니면 또 다른

의미가 있는 걸까. 궁금했지만 두 번 입이 떨어지지는 않았다. 그렇다고 딱히 다른 화젯거리가 있는 것도 아니었다. 학교생활이나 남편 얘기에 그치게 될 걸 굳이 끄집어내고 싶지 않았다. 나는 선글라스를 고쳐 썼다.

"창문 열어도 돼요?"

"창문?"

"답답해서요."

"어, 그래. 열어."

손가락 한 마디만큼 내릴 줄 알았는데, 절반 이상을 내렸다. 내리기가 무섭게 바람이 끼쳐왔다. 머리카락이 휘날리는데도 딸은 참을성 있게 가닥을 잡아 귀 뒤로 넘기기를 반복했다. 바람 소리가 컸고 우리는 그 소리를 핑계로 대화 없는 시간을 견뎌냈다. 나는 딸 모르게 카오디오를 껐다.

마을 어귀에 들어섰다. 안개가 말끔히 걷혀 있었다. 표석을 지나쳐 골목에 진입했다. 굽잇길을 지나가는데 딸이 창문을 올렸다.

"기억나나 보네, 여기?"

"네?"

"여기 말이야. 외갓집 거의 다 왔는데, 모르겠니?"

"네, 처음 봐요."

"나는 또 창문 올리기에 다 온 거 알았나 싶었지."

"바람 냄새가 이상해서요. 소금 뿌린 거 같기도 하고, 뭐가 썩은 거 같기도 하고."

"갯벌 근처라 그래."

집 앞에 차를 세웠다. 선글라스를 벗는데 딸의 화장이 생각보다 진한 게 눈에 들어왔다. 피부 화장은 색이 밝게 떠 있었고, 아이라인은 단순히 굵고 길기만 했으며, 입술은 안쪽만 새빨갛게 물들여놓았다.

"집에 누구 있어요?"

"증조할머니 계시지. 할아버지는 모르겠네, 오셨을라나. 일단 내리자."

딸은 휴대폰으로 얼굴을 확인하고서 문을 열었다. 나도 키를 뽑아 차에서 내렸다. 딸은 내가 앞장서기를 기다리며 문 옆에 가만히 서 있었다. 녹슨 철제대문이 열리는 소리에 누렁이가 제일 먼저 짖으면서 반응했다. 뒤에서 헐, 귀여워, 하는 딸아이의 혼잣말이 들렸다.

할머니는 평소 쓰던 밥상이 아닌 명절 때나 꺼내 쓰던 교자상을 마루에 들여놓았다. 거기엔 말끔하게 씻어놓은 상추를 비롯해서 어제저녁에 무친 나문재나물과 비름나물, 두부김치, 마늘장아찌, 멸치볶음, 열무김치와 백김치가 자리를 차지하고 있었다. 거기에다가 달걀말이와 고춧가루 양념에 버무린 오이무침, 이제 막 볶아서 김이 모락모락 나는 감자당근볶음, 생선구이와 바지락국이 추가되어 있었다. 손녀의 입맛을 조금이라도 맞춰보고자 한 할머니의 손길이 묻어나왔다.

할머니와 딸은 서로를 마주 보고 앉고, 나는 딸 옆에 앉았다. 아버지가 곧 오전 작업을 마치고 돌아와 마당 수돗가에서 얼굴과 손발을 대충 씻어내고 중간 자리에 앉았다. 입에 뭐가 맞을라나 모르겠네, 하는 할머니의 말을 뒤로 다들 밥을 먹었다. 딸은 체격에 비해 가리는 것 없이 골고루 음식을 잘 먹었다. 나는 계란말이나 감자볶음 따위를 딸 곁으로 밀어주었다. 딸은 힐긋 나를 보고 젓가락을 놀렸다. 알 듯 모를 듯 하게 내가 집는 반찬들로 손을 뻗곤 했다. 두부에 김치를 얹어서 먹으면 그렇게 먹고, 상추에 밥과 마늘장아찌를 얹고 쌈을 싸면 저도 그렇게 싸 먹었다. 나는 여기 갯가에서만 나오는 거라며 강된장과 들기름에 무친 나문재나물 몇 가닥을 딸의 밥에 얹어주었다. 딸은 할머니가 먹는 걸 본 모양인지, 숟가락으로 밥에 나물을 슬슬 비벼선 같이 떠먹었다. 그 모습이 보기가 좋아, 이번엔 말린 쏨뱅이구이 살점을 뜯어주었다. 또 줄까? 하고 묻자 생선살을 우물거리던 딸이 고개를 끄덕였다. 나는 생선을 먹기 좋게 발라줄 요량으로 등뼈를 잡고 젓가락을 살점에 댔다. 그대로 뼈를 들어 올리면 되겠거니 했는데 생각같이 되질 않았다. 지켜보던 아버지가 생선 등뼈 중간을 살짝 분지른 뒤 젓가락으로 살살 긁어내듯 살을 발랐다. 나는 하얀 생선살을 집어다가 딸아이 숟가락에 얹었다.

"에이, 어미가 돼서 딸애 생선 하나 못 발라내고."

할머니는 장난 섞인 핀잔을 놓으며 트림을 했다. 딸은 숟가락으로 밥을 뜨다 말고 픕, 웃음을 터뜨렸다. 나는 괜히 얼굴이 달아올랐다. 아버지는 정작 자신이 무얼 한 건지 모른다는 기색으로 국그릇을 들어 남은 국물을 후루룩 마셨다. 그리곤 자리를 털고 일어나 부엌으로 들어갔다. 할머니도 식사를 마치고서 바지락 껍데기를 모아 빈 국그릇에 담았다. 딸의 밥은 아직 남아 있었고, 나 역시 딸의 속도를 맞추느라 밥이 남아 있었다.

"천천히 먹어."

"네."

딸은 밥에 김자반을 묻혀서 한입 먹고, 나문재나물과 같이 한입 더 먹고, 쏨뱅이로 젓가락을 뻗다가 또 혼자 웃었다.

아버지는 밥상을 물리기 무섭게 염전으로 되돌아갔다. 예나 지금이나 아버지는 좀체 집에 눌러 있지를 않았다. 그래서 어릴 적엔 아버지가 어느 날 갑자기 사라지더라도 이상하지 않을 것 같다는 생각을 종종 했다.

나는 버릴 음식물을 개밥그릇에 담아서 딸에게 건넸다. 딸은 그릇을 가지고 가 누렁이에게 먹였다. 할머니는 바지락 껍데기를 고추 심은 텃밭에 고루 쏟았다. 나는 상을 닦고 다리를 접어서 부엌에 놔뒀다. 설거지를 마친 뒤, 냉장고에서 토마토 두 개를 꺼내 먹기 좋게 썰어서 설탕과 버무렸다. 마루에 걸터앉아 아, 배불러, 하고 중얼거리는 딸아이 앞에다가 토마토 접시를 내놓았다. 딸아이는 휴대폰에 눈을 박은 채 무심코 과자봉지 비우는 아이처럼 토마토를 다 먹었다.

할머니는 방에서 불교 방송을 보고 있었다. 나는 부엌에서 문지방 너머로 들려오는 스님의 목소리를 들으며, 토마토 먹은 그릇을 씻고 간단히 설거지대를 정리했다. 행주까지 빨아두고서 시원한 냉수를 컵에 따라 들이켰다. 주변을 빙 둘러보며 부엌을 나가려다, 문득 냉장고 위에 놓인 종이 박스가 눈에 들어왔다. 염전에서 쓰는 물건인가 싶었는데 넓고 납작한 크기로 연꽃무늬 모양이 그려져 있었다. 박스를 내려 뚜껑을 젖혀보았다. 양갱과 정과, 한과 따위가 박스 절반이나마 되게 남아 있었다. 한과 하나를 까먹으며 날개뚜껑을 덮었다. 할머니가 다니는 절에서 받은 거라 여기려는 찰나, 불현듯 서늘한 예감이 들었다. 날개뚜껑의 택배 딱지에 쓰인 사찰

주소를 읽어보았다. 아주 익숙한 주소지였다.

마루로 나오다가 지나치는 할머니의 방을 들여다보니, 할머니는 합장주를 손에 쥔 채 고개를 떨어뜨리고 있었다. 텔레비전에서는 스님이 고즈넉한 목소리로 강법(講法)을 하고 있었다. 나는 방으로 들어가 텔레비전을 끄고, 할머니를 바닥에 뉘었다. 할머니는 어린애처럼 눈을 반쯤 떴다가 다시 감았다. 마루로 나오자 딸 역시도 어느새 몸을 웅크린 채 잠들어 있었다. 나는 아이 손에 들린 휴대폰을 빼내 마루에 내려놓고 모시이불을 가져와 덮어주었다.

딸아이 옆에 앉았다. 볕이 강해질수록 집 안 곳곳에 고여 있던 온갖 종류의 냄새들이 스멀스멀 피어올랐다. 한 번씩 더운 바람이 불 때면 썩은 어금니 냄새처럼 고약한 악취가 끼쳐왔다. 나조차도 이 시간이면 미간이 찌푸려지고 말아서, 딸이 잠든 걸 다행이라 여겼다. 누렁이도 제 집에 들어가서는 이렇다 할 기척이 없었다. 누렁아, 하고 불러봐도 반응이 없었다. 마당을 가로지르는 빨랫줄로 시선을 돌렸다. 기다란 쇠파이프 두 개를 기둥

삼아, 폐전선을 양쪽 파이프에 묶어서 만든 빨랫줄이었다. 줄의 왼쪽에는 생선, 오른쪽에는 옷가지가 걸렸는데 둘 다 꾸덕꾸덕 말라가고 있었다. 옷을 개켜야 할 것 같았지만 움직일 생각은 들지 않았다.

나는 휘지는 몸을 이기지 못하고 누워버렸다. 코앞으로 딸의 얼굴이 보였다. 딸은 입술이 조금 벌어져 그 안으로 새근거리는 숨을 몰아쉬었다. 얼굴에 흘러내린 머리카락 몇 가닥을 뒤로 넘겨주었다. 허공에 뜬 손으로 살며시 딸의 뺨을 감쌌다. 가만히 바라보고 있자니, 구름이 햇빛을 가린 듯 사위의 밝기가 한층 꺼졌다. 딸애 얼굴이 약간 달라 보이는 것 같았다. 이 아이가 내 속에서 나왔다는 걸 이따금씩 상기할 때처럼 지금 이 순간처럼 낯설게 느껴졌다. 조심스럽게 손을 거두었다. 몸을 바로 돌려 누웠다. 썩어 들어가는 서까래 나뭇결을 바라보다가 슬며시 눈을 감았다. 먹먹하게 찾아든 어둠 속에서, 통증처럼 희미한 얼굴 하나를 떠올리다가 이내 잠이 들었다.

짧지만 개운한 기분으로 일어났다. 할머니가 마루 귀

퉁이에서 깻잎에 양념을 바르고 있었다. 깻잎들이 숨이 죽어 플라스틱 통 안에 층층이 쌓여갔다. 나는 옷을 걷어다가 개놓고, 할머니 옆에 앉아 같이 양념을 발랐다.

"염전 체험이 생각보다 잘되고 있나 봐요?"

"응. 창수 갸가 열심이지."

"아버지 혼자는 꾸려가기 힘들 텐데 안심이에요."

할머니가 옅은 한숨을 내쉬었다.

"들고 나는 사람 흔적 없는 데가 염전인데 듬직하지."

딸은 해가 한풀 꺾이고 나서야 몸을 뒤척이며 게슴츠레 눈을 떴다. 나는 곁에서 책을 읽고 있다가, 딸과 눈을 마주하고 염전에 가보겠느냐 물었다. 딸은 비몽사몽인 표정으로 나를 올려다보다가 고개를 끄덕였다. 그러곤 발딱 일어나 앉았다. 세수를 하는 게 어떨지 던진 넌지시 말에, 딸은 다른 대꾸 없이 화장실로 갔다. 나는 딸아이가 입을 만한 겉옷을 챙겼다. 딸이 세수를 마친 다음 나도 용변을 보고 나왔다. 그새 누렁이에게 붙어 놀고 있던 딸은, 내가 대문으로 향하자 뒤로 따라붙었다.

염전은 마을길의 끝까지 간 다음, 그 끝에서부터 시작

되는 좁은 농로를 따라 언덕 하나를 넘으면 훤히 내려다보이는 갯벌 가에 있었다. 가벼운 산책로였다.

나와 딸은 집을 등지고 골목을 나아갔다. 딸은 내가 준 옷을 입으며 지퍼를 올렸다.

"누렁이 집 옆에 있는 건물은 뭐예요? 창고 같은 건가?"

"화장실이야."

"화장실이오?"

"응. 예전에 집이 낡아서 할아버지가 개조를 하려고 했는데, 증조할머니께서 반대가 심했거든. 증조할아버지 손때가 묻은 집이니까. 그래도 결국엔 허락을 할 수밖에 없었는데, 그거라도 남겨둔 거지."

"아……."

"그건 왜?"

딸은 눈썹을 조금 찌푸렸다.

"그거 보니까 갑자기 무서웠던 생각이 나서요."

"이제야 어릴 때 기억이 났구나?"

"할머니는 거기 계속 써요?"

"글쎄…… 모르겠네. 쓰고 계시려나."

딸은 콧소리를 내며 주억였다. 대답을 하고 보니 궁금했다. 할머니는 그 변소에서 아직도 일을 보곤 하는 걸까. 아니면 그저 이따금씩 바라다보며 옛날을 더듬는 걸까. 의문이 가시기도 전에 딸은 다른 말을 던졌다.

"엄마는 자다가 울고 그러더라."

"내가?"

딸아이는 심상하게 고개를 끄덕였다.

"꿈을 꿨나……."

하고 건너보니 딸이 나를 빤히 쳐다보며 물었다.

"여기에 왜 온 거예요?"

"나?"

입을 다물었다. 무슨 말을 하든 섣부를 듯해 괜히 군기침 소리만 냈다. 어디선가 고기 굽는 노릇한 냄새가 골목을 타고 흘러들어왔다. 나는 멍하니 냄새를 맡다가, 검지로 관자놀이를 긁다가, 얼마쯤 왔나 골목의 끝을 가늠하다가, 딸애 얼굴을 보았다. 딸은 다시 묻지만 않을 뿐이지 여전히 대답을 기다리는 표정이었다.

"확인하고 싶어서,라고 해야 하나?"

적당한 말을 골라보려 했다.

"내가 아직은 여기에 와도 좋을 사람인지, 환영받을 수 있는 사람인지, 뭐 그런 거."

"어렵다."

"원래 인생은 그런 거야."

"윽, 아빠가 맨날 하는 소리."

딸은 푸념을 하다가 이내 여기에 와도 좋을 사람, 하고 단어 하나하나를 짚어가며 발음했다. 나는 뭐 대단한 거라도 알려준 양 머쓱해졌다. 저만치서 골목의 끝과 흙길의 시작이 보였다. 제법 날선 바람이 불어와서 나는 옷깃을 여미고 팔짱을 꼈다. 그러다 언덕길을 타고 올라가는 동안에는 더운 기운이 올라 나도 딸도 이마가 번들해졌다.

염전을 먼저 발견한 딸이 걸음을 멈췄다. 나도 딸 곁에 섰다. 열여덟 구멍의 증발지가 드넓게 펼쳐져 있었다. 못에 찬 얕은 바닷물은 노을을 흡수하며 바람결에 따라 반짝반짝 빛이 났다. 나는 가까이서 보는 염전도

좋지만, 이 자리에서 내려다보는 염전의 풍경을 더 좋
아했다. 딸아이는 말없이 소금밭을 향해 두 눈을 느리게
깜박였다. 화장을 지우니 천생 어린애였다.

나는 풀밭에 앉았다. 염전 체험은 모두 끝난 모양인지
다른 사람들은 보이지 않았다. 아버지와 창수만 남아 채
렴 작업을 하고 있었다. 요즘처럼 후텁지근한 날씨엔 지
금 시간이 소금 거두기 좋은 때였다. 증발지마다 무덤
같은 소금이 쌓였다. 한 사람은 삽으로 소금을 퍼서 수
레에 담고, 다른 한 사람은 소금 창고로 수레를 몰았다.

딸이 옆에 앉았다. 시선은 염전에 가 있었다.

"어때?"

"좋아요."

되게 좋다,고 딸은 큰 숨을 들이쉬었다 뱉듯이 말
했다.

"내려가서도 봐볼까?"

"아니요."

딸은 나를 보고 샐쭉 웃었다.

"그냥 여기서 봐요."

"뭐, 그래."

나는 두 손으로 땅을 짚고 있다가 하늘을 우러러봤다. 입술이 벌어져 시원한 바람이 오갔다. 하얗기도, 파랗기도, 또 노랗기도 한 오묘한 색감의 하늘이 끝 간 데 없이 깊었다. 노을녘 하늘은 아무리 올려봐도 눈이 아프지 않아 좋았다. 목이 뻐근해질 때까지 나는 가만히 하늘을 바라다보았다.

이혼한 뒤로 딸을 보게 될 때마다 엄마 생각이 많이 났다. 그리고 무의식적으로 어떤 기대감 같은 걸 갖게 되었다. 만약에 내가 엄마를 찾아갔다면, 그래서 엄마와 만나게 됐다면, 적어도 내가 딸에게 해주는 만큼은 엄마도 내게 해주지 않을까, 하는 거였다. 그런 생각만은 참 나이가 들지 않았다.

고개를 당겼다가 딸아이도 옆에서 하늘을 보고 있는 걸 발견했다. 순간, 내가 나를 본 것만 같은 착각에 사로잡혔다. 나는 무심코 딸아이에게 손을 내밀었다가 거두어들였다.

저녁상 준비를 하는데 아버지가 일찍 돌아왔다. 두 손에 통닭 봉지를 들고 있었다. 아버지는 나를 따로 불러냈다. 우린 집 앞으로 나가 섰다. 아버지는 손바닥으로 뺨을 비비다가 담배를 꺼내 물었다. 마치 내가 불러내기라도 한 것처럼 한참 말이 없던 아버지는 담배를 반이나 태우고서야 입을 뗐다.

"저녁 먹고 올라가는 거냐?"

"네. 승연이 데려다주는 김에 저도 올라가려고요."

"그래."

아버지는 작업복 주머니를 뒤졌다. 그리고 봉투를 꺼냈다.

"얼마 안 된다."

"아니에요. 괜찮아요, 아버지."

손사래를 쳤지만 아버지는 손 그대로 가만히 있었다. 결국 받아라, 못 받는다 해도 실랑이에 불과할 거란 걸 잘 알았다. 나는 목덜미를 매만지며 서 있다가 더 무르지 않고 봉투를 받았다.

"잘 쓸게요."

"그래."

나는 메마른 입술에 침을 묻혔고, 아버지는 담배를 껐다. 개구리 우는 소리가 정적을 메웠다. 담 너머로 우리를 부르는 할머니 목소리가 들려왔다. 아버지가 먼저 등을 돌리려 했다.

"아버지."

나는 반쯤 돌아서던 아버지를 돌려세웠다. 이번엔 내가 부른 게 맞았지만 막상 바로 입이 떨어지지 않았다. 아버지는 채근하지 않고 기다렸다. 무슨 말을 하더라도 다 받아줄 것 같은 눈빛이었다. 나는 손 안에 든 봉투를 만지작거렸다.

"아버지."

"……."

"……괜찮으시죠?"

아버지는 눈을 동그랗게 떴다.

"지금. 뭐. 그냥, 다. 괜찮으신 거죠?"

겸연쩍게 아버지를 마주했다. 아버지는 뜻밖이라는 표정이었다. 자신을 타이르듯 나는 아랫입술을 가볍게 물었다.

언젠가는 나도 그리고 아버지도 절에서 오는 상자를 두고 이야기해야 할 때가 올 거였다. 그땐 누구 하나가 이렇게 애쓰지 않고도 편하게 얘기를 나눌 수 있을 것이었다. 나는 그 믿음을 가지고 아버지를 바라보았다.

"괜찮다."

아버지는 미소를 띠었다.

"딸이 괜찮으냐고 물어보는데 어떻게 안 괜찮다고 할 수 있겠냐."

"네, 맞아요."

"괜찮으니 걱정 마라."

"네."

"그래."

어색하게나마 웃었다. 대문 열리는 소리에 고개를 돌리니, 딸이 고개를 빼꼼 내밀었다.

"밥 먹으세요."

나와 아버지는 동시에 그래,라고 대답했다. 집으로 들어갔다.

할머니가 챙겨준 반찬 보따리 두 개를 차에 실었다.
딸은 할머니와 아버지에게 허리 숙여 인사했다.

"또 오너라."

아버지의 말에 딸은 고개를 끄덕였다. 몸 잘 챙기라는
할머니의 말에 또 고개를 끄덕였다.

"아버지, 할머니, 또 올게요."

내 말에 아버지와 할머니는 고개를 끄덕였다. 딸을 먼
저 차에 태우고, 나는 한 번 더 작별 인사를 건넨 뒤 차
에 올랐다. 백미러 속 아버지와 할머니는 얼마 못 가서
금방 어둠 속에 묻혔다.

"아빠한테는 출발한다고 얘기했니?"

"네."

"그래, 잘했어."

카오디오 전원을 켰다. 딸은 휴대폰을 만지작거리는
가 싶었는데 어느새 잠들어 있었다. 낮잠을 자고도 또
저렇게 잠드는 걸 보면, 저 작은 심신으로 하루 동안 어
지간히 용을 썼으리란 생각이 들었다. 히터를 높였다.
뒷좌석에서 담요를 끄집어 딸에게 덮어주는데, 전화가

왔다. 핸즈프리를 연결했다.

"여보세요?"

"오랜만이에요, 미라 씨. 그동안 잘 지냈어요?"

"아, 네. 승연이 막 출발했어요."

"네. 문자 받았어요."

딸을 힐긋 보고, 오디오 볼륨을 살짝 올렸다.

"여러모로 죄송해요, 미라 씨. 제 생일 여행 때문에. 승연이도 같이 가면 좋았을 텐데, 미라 씨한테 가고 싶다고 하니 제가 별수 없었어요."

"네."

"그리고 이번뿐만 아니라 다 감사해요, 정말."

"네?"

"승연이오. 썩 편하지만은 않으실 텐데도, 이렇게 이해해주셔서요."

"……."

"아이가 워낙 자기 얘기를 안 하는 타입이라, 저도 얼마 전에야 알았어요. 저랑 진호 씨 관련 기념일마다 승연이가 미라 씨에게 가는 걸요. 이것도 승연이가 제 아빠한테는 절대 말하지 말라고 어찌나 신신당부를 하던지. 저요, 이기적일지 모르지만 그래도 친구 집에서 잤다고 한 것보다 얼마나 안심이 됐는지 몰라요."

딸을 봤다. 미동도 없이 얌전하게 자고 있었다. 그래도 혹여나, 하는 마음에 통화 음량을 최대한 줄였다. 여기에 대고 뭐라고 대꾸해야 할지 갈피가 잡히지 않았다. 정면에 시선을 둔 채 검지로 핸들을 두드렸다. 앞선 승용차가 점멸등을 켜며 갓길로 빠졌다. 나는 조수석 창 너머로 정차한 승용차를, 그리고 딸을 봤다.

"미라 씨?"

"네?"

"무슨 일 생기셨어요?"

"아니에요."

"아무튼 간에, 승연이 잘 좀 부탁드릴게요. 저희는 한두시에나 도착할 것 같아서요."

"걱정 마세요."

"네, 그럼 나중에 또 연락해요. 들어가세요!"

전화를 끊고 핸즈프리를 뺐다. 아침에 딸을 역에서 만

낳을 때, 고생했다는 말에 익숙하다는 대답이 돌아왔던 게 떠올랐다. 남편과 여자는 딸에게 여기저기를 같이 가자고 하지만 딸은 껄끄러운 모양이었다. 이해가 갔다. 딸은 그들을 안심시킬 수 있는 나를 방패막이로 내보인 것 같았다. 그럼 나는 앞으로 딸이 찾아오지 않더라도 옆에 있는 양 말해주는 게 옳은 걸까.

밤이 점점 깊어졌다. 이렇게 하루가 가고 이틀이 지나 시간이 꽤 흐른 뒤엔, 63빌딩과 오늘이 별 다를 바 없는 깃털 같은 날일지도 몰랐다. 아, 그날은 밥 먹고 낮잠 자고 염전 가고 통닭 먹었어,라고 할지 아니면, 밥 먹고 염전 가고 통닭 먹고 낮잠 잤어,라고 할지만 달라질 일이었다.

머리를 깊게 쓸어 올렸다. 그래도 몇몇 순간은 놓치고 싶지 않았다. 나를 진지하게 바라보던 딸의 얼굴, 평온하게 잠든 얼굴, 이것저것 가리지 않고 맛있게 먹던 얼굴, 언덕에서 하늘을 올려다보던 얼굴⋯⋯.

기어에 얹어둔 손을 머뭇거리다가 천천히 딸에게 뻗었다. 딸의 손을 잡고, 잡은 손에 힘을 실었다. 그러자 핸들을 잡은 다른 한 손에도 마찬가지로 힘이 실렸다.

내 안에 든 작은 손이 움찔했다. 딸은 잠투정처럼 슬쩍 차창 쪽으로 고개를 돌렸다. 나는 가만히 손을 놓았다. 때는 지나쳐버리게 되면 다시 쉬이 찾아오는 게 아니었다. 이 순간을 딸에게, 그리고 나 자신에게도 알게 하고 싶었다.

나는 숨을 들이쉬고 전조등을 켰다.

미끼

원미의 눈을 보고 있으면 갈증이 났다. 검은자위 절반이 늘 위에 머물러 있는 눈은 가늘고 날카로웠다. 청호는 검지와 중지로 느리게 입술을 문지르며 시선을 피했다. 원미는 병든 똥개처럼 곁눈질하는 애인의 모습이 못마땅했다. 팔을 뻗어 매섭게 청호의 손을 떼어냈다. 청호는 신음했다. 말라붙은 입술 껍질을 살살 뜯어내던 게 그대로 찢겨버리고 말았다. 새하얗게 질린 아랫입술 한가운데 피가 고였다. 청호는 입술을 내민 채로 원미를 봤다. 원미는 미간을 찌푸렸다.

"그렇게 사람 말할 때 알아서 잘 들으면 좀 좋아?"

청호는 한숨을 쉬며 고개를 떨궜다. 바로 원미가 또,
또! 하는 핀잔을 주자, 하는 수 없이 얼굴을 마주했다.
그리고 머뭇거리다 원미 앞에 놓인 물컵을 집었다. 제
물컵은 이미 동이 난 상태였다. 원미는 흘긋거리고 별말
하지 않았다. 청호는 단숨에 절반 이상을 삼켰다.

"자기, 목말랐어?"

의아한 목소리에 청호는 사레들리려는 걸 가까스로
넘기며 멋쩍게 웃었다. 입술이 쓰라렸다. 원미의 눈이
자신의 입술로 갔다. 청호는 아랫입술을 윗입술로 덮어
물었다. 원미는 종업원에게 물을 달라고 했다. 이어 테
이블 위로 청호의 두 손을 부드럽게 쥐었다. 청호는 원
미의 손 안에서 삐져나와 있는 제 손목을 봤다.

"아무튼, 상혁 오빠 따라다니면서 이런저런 일도 배
우고 그래봐. 자기가 이제 와서 뭘 처음부터 시작할 수
있겠어, 안 그래? 그러니까 상혁 오빠 옆에서 적성에 맞
을 만한 일도 찾으면서 같이 돕고 말이야. 응?"

"……"

"복잡하게 머리 싸매지 말고 현실적으로 생각을 해

봐. 언제까지 그 우중충한 모텔에만 처박혀 살 수는 없는 일이잖아. 계속 거기서 허드렛일이나 하고 있을 거야?"

"……."

"청호 씨."

원미는 호칭을 바꿔 부르는 것으로 무언의 압박을 줬다. 잡은 손을 가볍게 흔들었다. 청호는 눈썹만 움찔거릴 뿐이었다. 네 살이나 어리면서 이 년 가까이 사귀는 동안 단 한 번도 오빠 소리를 한 적이 없었다. 항상 자기야, 아니면 청호 씨, 아니면, 야 류청호! 야 이 개새끼야! 정도였다. 주변 사람들 대하는 걸 보면 없는 오빠가 없는데 말이다.

청호는 진동을 느꼈다. 허벅지 옆에 뒤집어둔 휴대폰이 울렸다. 청호는 은근슬쩍 손을 빼내어 휴대폰을 집어들었다. 준규였다. 원미는 의자에 반쯤 몸을 기대며 팔짱을 꼈다. 시큰둥한 표정으로 청호를 지켜봤다. 청호는 애먼 코를 들이켜며 전화를 받았다.

— 어디냐.

"카페예요."

— 아직도?

"금방 갈게요."

— 엉, 나 부동산 가봐야 한다, 언넝 텨와라.

"예, 형님."

전화를 끊자 원미가 굵은 목소리로 흉내를 냈다.

"예에, 형님."

"……."

"형님은 무슨, 얼어 죽을."

원미는 보란 듯이 비꼬았다. 하지만 먼저 나갈 채비를
했다. 청호도 빈 몸으로 왔지만 괜히 주변을 살펴보며
엉거주춤 일어났다. 계산서를 집어 들려고 하자 원미가
손등을 때리며 됐어,라고 했다.

카페를 나온 둘은 맞은편의 저수지를 앞에 두고 말없
이 담배를 피웠다. 오리배 한 대가 유유히 저수지를 가
로질렀다. 청호는 언젠가 원미와 깔깔대며 오리배를 타
던 날을 떠올렸다. 흘긋, 원미의 표정을 봤지만 무슨 생
각을 하는지 알 수 없었다. 그때의 원미는 지금보다 머

리가 좀 더 길고 새까맸다. 세상물정을 몰랐고 천진했고 당돌한 구석이 있었다. 기껏 해봐야 이 년도 안 된 어느 한 부분의 경계일 텐데, 청호는 그 간극이 아득하게만 느껴졌다. 지금 원미의 머리는 뺨을 감싸고 끊어지는 짧은 기장에 밝은 갈색으로 염색을 했다. 바뀐 머리를 봤을 때, 청호는 이제 길거리에서 원미를 봐도 쉬이 알아볼 수 없을 것 같단 생각을 했다.

원미는 담배를 떨어뜨려 발끝으로 비벼 껐다.

"자기."

"응⋯⋯."

청호를 들여다보던 원미는 청호의 허리를 끌어안았다. 청호는 굼뜨게 원미의 몸을 감쌌다. 원미는 청호의 가슴에 뺨을 댔다.

"우리, 서로에게 예쁘고 번듯한 모습으로⋯⋯ 그렇게 사랑하자."

"⋯⋯."

"나 이거 정말 어렵게 부탁해서 자리 구한 거야."

원미가 말할 때마다 몸이 진동하듯 웅웅 울렸다. 원

미는 청호를 올려다봤다. 청호의 눈동자가 얼결에 흔들렸다. 원미는 청호의 티셔츠 안으로 손을 넣어 옆구리를 조몰락거렸다. 그리고 한결 검은자위를 드러내며 말했다.

"정리할 거지 청호 씨?"

청호는 누군가 제 눈과 머리를 고정시켜놓은 듯 굳은 채로 원미를 봤다. 원미는 그것만으로 충분한 대답이 됐다는 듯, 입꼬리를 올리며 웃었다. 청호의 엉덩이를 토닥이곤 까치발을 들어 입을 맞췄다.

콜택시가 도착했다. 청호는 뒷문을 열고 올라타는 원미의 짧은 치마에 눈이 갔다. 택시가 시야에서 사라질 때까지 자리에 서 있었다. 청호는 발을 떼다 말고 저수지로 고개를 돌렸다. 둥그런 저수지를 가로지르는 건 아무것도 없었다. 꿈이라도 꾼 듯 오리배는 모두 정박돼 있었다.

준규는 모텔 입구 앞에 차를 세워두고 통화를 하던 중이었다. 입구에 걸린 천막을 손바닥으로 탁탁 쳐대다 청

호를 발견하고 알은체했다. 요즘 한창 새 모텔을 짓는
데에 정신이 없어, 일 초가 멀다 하며 전화통만 붙잡았
다. 청호는 미적대는 걸음새로 준규에게 갔다. 준규는
청호를 흘긋 보고는 검지 손톱으로 턱수염을 긁었다.

"엉, 니가 다음 주쯤 여기 한번 와봐야지."

준규는 턱을 긁던 손가락으로 검은 천막을 가리키며
더러워,라는 입모양을 했다. 청호는 고개를 끄덕였다.

"그냥 어떻게 돌아가는지 감만 잡아본다 생각해."

청호는 신발코로 시멘트를 문질렀다. 통화가 길어질
것 같아 준규를 보고 들어간단 식으로 손짓을 했다. 그
러자 준규가 가로저었다.

"엉. 그래. 다시 전화할게. 어엉, 들어가라."

전화를 끊고 준규가 웃으며 다가왔다.

"원미는, 잘 갔나?"

"네."

"뭔 얘기 했어?"

"뭐, 그냥……."

준규가 청호를 물끄러미 보다가 불쑥 어깨동무를 했

다. 잔뜩 힘을 주며 팔을 그러잡았다. 툭하면 당하면서
도 매번 낯설고 당황스러웠다. 청호는 땅바닥 한복판만
바라봤다.

"청호야."

"예에."

"대목 전에 며칠 좀 쉬다가 와라."

"예?"

"예는 무슨 예야. 새끼가 일 년 내내 휴가 달란 소리도
못하고 말이야, 엉?"

"아뇨, 형님. 전 괜찮습니다."

준규는 두르던 팔로 헤드록 자세를 하며 청호의 머리
를 쥐어박았다. 청호는 이렇다 할 저항도 못하고 두 손
으로 준규의 팔을 잡기만 했다.

"괜찮긴 뭐가 괜찮아. 원미가 오죽하면 여기까지 왔
겠냐?"

"아니, 그건······."

"됐어. 토 달지 말고, 가서 못한 데이트도 하고 몸도
풀어."

준규는 팔을 풀고 울리는 휴대폰을 확인했다. 거부 버튼을 누르고 청호를 봤다.

"그리고 나랑도 한번 놀자."

"형님이랑요?"

"왜, 싫으냐?"

"아뇨."

"명일이한테 이거 좀 털라 해라. 차 먼지 범벅 되겠다."

"예."

"그럼 수고!"

"저, 형님!"

"왜?"

준규는 가다 말고 돌아섰다. 새카만 외제차를 등지고 선 준규를 가만히 보던 청호는 목소리가 가라앉았다. 자기가 불러 세운 게 의심스러울 정도였다.

"아닙니다."

"저 새긴 하여튼 저게 문제야, 문제."

"……들어가세요."

"오냐."

준규는 손을 흔들고 차에 올라탔다. 날렵한 뱀처럼 골목을 빠져나간 차가 보이지 않자 청호는 한숨을 쉬었다. 문득, 집에 안 간 지가 얼마나 됐는지를 헤아려보는데 기억이 가물가물했다. 일하다 보니 모텔에 머무는 날이 늘었고, 사용하는 짐들을 하나둘씩 대부분 옮겨둔 터라, 말이 좋아 집이지 이젠 빈 원룸이나 다름없었다.

청호는 저수지를 내려다봤다. 모텔이 언덕 중턱에 위치해 있어 하현달 모양의 저수지와, 그 언저리 감싸고 있는 촌이 한눈에 들어왔다. 물가를 중심으로 모텔이나 라이브 카페, 음식점 따위가 세워져 있었다. 방금 전 원미와 만났던 카페도 저만치에 보였다. 청호는 처음 이곳에 오던 때를 떠올렸다. 준규의 차 조수석에 앉아 있었다. 마을 어귀에 들어섰을 때만 해도 멀리 저수지만 보였는데, 골목 하나하나를 돌 때마다 양옆으로 모텔들이 하나둘 나타났다. 청호는 차창 밖으로 시선을 고정했다. 준규가 어때, 존나 기막히지?라고 하자, 청호는 은신처라도 발견한 표정이 되어 기가 막히네요,라고 따라 말했다. 준규는 잘 봐둬라, 하고 만족스럽게 웃었다.

청호는 저수지 둘레에 세워진 목제 산책로를 따라 눈길을 옮겨갔다. 팔짱을 낀 채 한가로이 걷고 있는 남녀를 지나, 오리배 선착장의 뒤로, 산책로 끄트머리 낚시터에 눈동자가 섰다. 낚시터에는 남자 세 명이 의자에 앉아 우두커니 저수지를 보고 있었다. 그러던 중 가운데 앉은 남자가 슬그머니 일어났다. 낚싯대를 잡고 동태를 살피는 것도 잠시, 물고기를 낚았다. 남자 둘이 가운데로 와서 구경하는 모습에 청호도 무의식적으로 고개를 뺐다. 그런다고 뭐가 보일 리 없었다. 이쪽으로 가까워지는 자동차 엔진 소리에 모텔로 들어갔다.

기승위 자세로 엉덩이를 들썩이는 원미의 신음 소리가 모질고 날카로웠다. 길고 검은 머리카락이 등과 가슴을 오고 가며 정신없이 찰랑댔다. 청호는 자신의 가슴에 얹은 원미의 두 손을 꼭 잡은 채 감은 눈에 힘을 주었다. 그러다 한 번씩 눈을 떠서 능숙하게 놀리는 원미의 허리와 박자에 맞춰 출렁이는 가슴을 보고 다시 눈을 감았다. 한곳으로 뭔가가 가득 차오르는 느낌에 악다

물던 입이 탁 열리며 거친 호흡을 토해냈다. 좋아? 청호 씨 좋아? 원미가 땀을 흘리며 물었다. 그러다 청호의 대답을 듣기도 전에 별안간 몸을 한번 찌르르 떨더니, 절정에 다다르는 듯 움직임도 빨라지고 소리도 커졌다. 청호도 숨이 끊기는 듯 억, 억, 하며 고개를 뒤로 넘겼다. 그리고 원미가 마지막으로 허리를 튕기는 순간, 갑자기 모든 게 멈췄다. 원미는 엉덩이가 반쯤 올라오고 얼굴을 천장으로 치켜든 채로 더 이상 움직이지 않았다.

청호는 컴퓨터 화면을 바라보았다. 정지 상태가 된 동영상엔 절정 직전의 둘의 모습이 담겨 있었다. 청호는 고개를 숙였다. 손등을 타고 흐르는 정액을 바라보았다. 세 평짜리 방에 비린내가 금방 퍼졌다. 전기가 통하는 기분으로 민감하게 서 있던 성기에 힘이 천천히 풀렸다. 청호는 티슈를 여러 장 뽑았다. 정액을 닦으며 몸을 부르르 떨었다. 대충 바지를 추슬렀다. 쓰레기를 버리고 찌뿌드드한 허리를 앞뒤로 편 뒤, 방향제를 찾아 허공에 몇 번 뿌렸다.

청호는 의자에 앉아 동영상을 껐다. 한바탕 게워내고

쪼그라든 성기가 느껴졌다. 가랑이를 긁으며 바탕화면에서 영상 편집 프로그램을 열었다. 프로그램에서 불러오기를 누르고, '영상' 폴더를 찾아 더블클릭 했다. 하위폴더들이 길게 늘어졌다. 그 안에서 제일 끄트머리에 있는 '2012. 9. 20.'이란 이름의 폴더로 들어갔다. 여섯 개의 동영상 중 첫 번째 것을 켰다. 프로그램에 동영상이 로딩되는걸 보며 기지개를 켰다. 동영상엔 빈방이 있었다. 청호는 하품을 하며 재생버튼을 눌렀다. 몇 초 지나지 않아 남녀가 들어왔다. 먼저 들어온 여자가 방을 두리번거리면서 재킷을 벗었다. 따라 들어온 남자가 여자에게 말을 걸었다. 어때, 괜찮아? 응, 좋은데? 남자가 뒤에서 여자의 어깨에 두 손을 얹고 목에 입을 맞췄다. 간지러워, 여자가 으쓱거리며 앙탈부리듯 곁에서 빠져나와 창문으로 다가갔다. 창밖엔 저수지가 보였다. 오빠, 여기 되게 신기하다. 남자가 점퍼를 벗고 냉장고에서 비타민드링크를 꺼냈다. 뭐가? 그냥 분위기가 좋아. 좋아? 응, 이런 동네도 다 있네. 저기에 낚시터도 있나봐. 오빠, 저번에 우리, 꺅! 남자가 여자를 안고 침대로 같이 몸을 던졌다. 남자가 여자의 얼굴 여기저기에 입을 맞추며 말했다. 그래, 우리 저번에 대부도에서 대어 낚았잖아, 그 말 하려고 했지? 여자가 꺄르르 웃으며 고개를 끄덕였다. 남자의 두 손이 부산스럽게 여자의 몸을 주물렀다. 그보다 훨씬 큰 대어 한번 낚아보자. 여자는 끙끙거리다가 지퍼를 내리던 남자의 허벅지를 두드리며 창문을 닫게 시켰다. 남자는 에이, 하다가도 서둘러 일어나 창문을 닫고 그 자리에서 허겁지겁 옷을 벗었다. 여자도 마찬가지였다. 몇 번의 입질 끝에 갯지렁이는 꿈틀거리며 물고기의 입속으로 들어갔다.

카메라는 세 가지 각도로 설치되어 있다. 천장에 하나, 왼쪽에 하나, 오른쪽에 하나. 청호는 체위별로 가장 살아 있는 각도가 이어지게끔 동영상을 편집했다. 완성된 걸 주문자에게 전송하고 나면, 확인 후 계약금의 나머지 절반이 입금됐다. 주문자는 각자의 사연에 따라 남자일 수도, 여자일 수도, 둘 다일 수도 있었다. 암암리에 퍼진 소문으로 이 일은 모텔의 꽤 짭짤한 수입원이었다.

노크 소리가 났다. 청호는 저장버튼을 누르고 대답했

다. 명일이 고개를 빼꼼 내밀었다.

"7624 왔어요."

"어, 알았어."

"형."

"왜?"

"형, 딴 데로 옮겨요?"

청호는 대답 대신 명일의 쪽으로 몸을 틀었다. 명일이 귀걸이를 낀 귓불을 만지작거렸다.

"아니, 아까 사장님이 통화로 그렇게 말하는 거 같았는데."

"……."

"잘못 들었나 봐요."

차임벨이 울렸다. 명일은 고개를 꾸벅거리고 문을 닫았다. 청호는 닫힌 문을 가만히 바라보다가 모니터로 몸을 돌렸다. 눈은 영상에 가 있지만 아무것도 보지 않고 끔벅거리기만 했다. 마우스 휠에 올라간 검지가 휠을 위로 아래로 움직였다. 혀로 입술을 훑자 가운데서 쌉싸름한 맛이 났다. 이윽고 노크 소리가 일정한 간격으로 네 번이 났다. 청호는 508호의 카메라를 작동시켰다. 모니터에 세 개로 분할된 화면이 떴다. 방은 아직 컴컴했다. 까만 모니터로 청호의 얼굴이 흐릿하게 반사됐다.

오늘부터 휴가다, 나와 새끼야,라고 한 준규의 부름에 청호는 간단히 짐을 챙겼다. 명일은 의미심장한 눈길로 인사를 했다. 모텔 문을 열고 밖으로 나서는 청호의 마음 역시 의미심장했다. 나뭇잎에 파문이 이는 저수지를 물끄러미 보고 있는데 자동차 경적 소리가 들렸다. 조수석으로 가는데 누군가 이미 앉아 있었다. 뒷좌석에 몸을 싣고 문을 닫자 조수석의 남자가 악수를 청했다. 사업 파트너라고 했다. 청호는 멋쩍게 반응했다. 자신의 사장, 그리고 그의 사업 파트너와 함께 제부도에 있는 캠핑장에 간다는 걸 그제야 알게 되었다. 청호는 주머니에 반쯤 손을 꽂고 라이터나 휴대폰을 만지작거리며 룸미러를 힐끗거렸다. 준규는 옆사람과 얘기하며 거울로 청호와 눈을 맞췄다. 청호는 차창 밖으로 고개를 돌렸다. 동네를 빠져나가면서 모텔들이 하나둘 모습을 감췄다.

짙은 선팅이 된 하늘과 건물, 사람이 모두 검었다. 저수지 빛깔과 같았다. 청호는 물에 잠긴 기분으로 숨을 죽였다.

도착한 곳에는 캠핑카가 간격을 두고 반원 모양으로 줄지어 있었다. 주인이 그들이 머물 캠핑카 앞에서 이것저것 안내를 하는 사이, 청호는 저만치서 걸어오는 여자 셋을 발견했다. 먹을거리가 가득 든 봉지들을 손에 쥐고 저희들끼리 깔깔거렸다. 그중 하나는 빨간 원피스에 긴 생머리를 하고 있었다. 청호는 침을 삼켰다. 언젠가, 긴 머리카락을 바람에 날리며 세상이 떠나가게 웃던 원미의 얼굴이 영화 속 한 장면처럼 머릿속에 나타났다. 준규가 청호의 등을 두드리자 원미는 사라지고 다시 원피스를 입은 여자가 보였다. 준규도 여자들을 봤다. 생수를 마시며 입 속에서 머금은 물이 양쪽 볼을 오갔다. 청호는 볼록 올라오다 푹 꺼지는 준규의 볼과 그 아래 물을 넘기는 목젖을 바라보았다.

자정이 가까워져가는 시간, 캠핑카 안에서 TV를 보며 입이 찢어져라 하품을 하던 준규는 자리를 털고 일어났

다. 자연스럽게 옆옆 캠핑카로 가 작업을 걸었다. 몇 번
의 형식적인 밀고 당기기가 오고 간 뒤, 순조롭게 술판
이 벌어졌다.

"윤희예요."

청호는 곁눈질로 윤희를 보며 캔맥주를 들이켰다. 빨
간 원피스는 그대로, 긴 머리만 느슨하게 땋아서 한쪽
가슴께로 늘어뜨려놓았다. 머리카락 끄트머리 옆으론
가슴골이 은근하게 드러났다. 청호는 입을 훔치며 고개
를 돌리다 준규와 눈이 마주쳤다. 준규는 여자들만큼이
나 청호를 지켜보고 있었다. 청호는 하루 종일 제게 붙
어 있는 그 시선을 모를 리 없었다. 불편한 마음으로 연
거푸 술을 들이켰다. 대화에 끼지 않고 캔 하나를 털어
낸 뒤 자리에서 일어났다. 캠핑카 뒤편으로 가서 담배를
물었다.

휴대폰을 꺼내 원미를 찾았다. 문자를 보내지도 않고,
전화를 걸지도 않았다. 그저 원미의 사진만 가만히 들여
다봤다. 자신은 처음 보는, 그리고 앞으로도 가볼 일 없
을 그런 고급스러운 레스토랑에서 찍은 것이었다. 크리

스털 샹들리에 아래, 원미는 야경이 펼쳐진 창가 옆에서 미소를 머금고 있었다. 신기하게도 사진 속 원미는 눈동자가 제자리에 가 있었다. 하백안이란 걸 모를 만큼 검은자위가 위아래 틈이 없이 알맞게 들어차 있었다. 아니, 원미에겐 그게 제자리가 아닐 수도 있었다. 청호는 바라보던 휴대폰 액정 화면이 어두워지자 다시 켜려다가 말았다. 곁에서 풀 밟는 소리가 났다. 휴대폰을 주머니에 넣었다. 준규가 옆으로 왔다. 청호가 담뱃재를 털며 준규를 보자, 준규는 이를 드러내며 씩 웃었다. 고개를 양옆으로 까닥거리더니 바지춤을 풀었다. 오줌발이 포물선을 그리며 풀밭으로 떨어졌다. 뜨듯한 지린내가 올라왔다. 청호는 그걸 보곤 술자리 무리를 향해 고개를 돌렸다. 말없이 어깻죽지를 긁적였다.

"긴 머리, 맞지?"

"예?"

"새끼 취향하고는."

풀벌레가 찌르르르 울었다. 청호는 침을 삼켰다. 준규는 성기를 두어 번 털고 팬티와 바지를 올렸다. 지퍼를

잠근 다음 손을 바지에 문지르곤 주머니에서 담배를 찾아 물었다.

"원미가 P사 다닌다고 했나?"

"네."

"어때 요즘?"

청호는 어떤 부분을 말해야 좋을지 망설였다. 준규는 턱수염을 긁으며 청호를 뚫어지게 보다가, 이것 좀 보라며 연기를 머금었다가 도넛 모양으로 불었다. 그러고는 검지를 들어선 둥그런 구멍 안으로 찌르듯 넣었다. 연기는 맥없이 허물어졌다. 준규는 킬킬댔다. 기가 막히지? 라며, 팔을 뻗어 청호의 어깨에 둘렀다. 자신의 쪽으로 끌어안으며 힘을 실었다. 청호는 자신의 어깨를 둥글게 감싸 쥔 손가락 마디마디의 무게를 느꼈다. 물처럼 마신 술 때문인가 어쩐지 정신이 없었다.

"야, 청호야."

"예."

"류청호야."

"예."

"인생 좀, 편하게 살자, 엉? 맨날 존나 똥 씹은 표정 짓지 좀 말고."

"……."

"엉?"

"예, 형님."

"긍정적으로 생각하라고, 긍정적으로. 마인드 컨트롤, 몰라? 세상 혼자 사는 거 아니잖냐. 내가 부를 때만 이렇게 기어나오지 말고, 힘든 거 있으면 먼저 말하기도 해봐."

"……예."

"저기 저 새끼도 옛날에 너처럼 존나 찌질한 새끼였는데, 지금은 용 된 거야. 다 내가 키웠다."

카드 게임을 하며 능숙하게 여자 셋을 리드하는 남자의 곁으로 웃음소리가 끊이질 않았다. 청호는 꽁초 불씨가 손가락 가까이 오자 움찔거리며 담배를 떨어뜨렸다. 준규도 그걸 보곤 잠시 사이를 뒀다.

"너도, 내 옆에서 잘만 있으면 저렇게 되는 거 먼 일 아니다. 그러니까 방에 틀어박혀서 존나 몰카만 보지 말고 플랜이란 것도 짜보고, 엉? 뭐라고 안 할 테니까 좀 움직여 새끼야. 남자가 야망을 가질 줄 알아야지."

"예."

"대답은 잘해."

준규는 청호의 등을 두드렸다. 그리고 무리로 가려다가 청호를 봤다. 주머니를 뒤적거려 청호에게 폴딩키를 던졌다. 청호가 제 손에 든 걸 확인하고 뭐라 말할 겨를도 없이 준규는 넉살좋은 웃음으로 테이블에 끼었다. 청호도 테이블로 가 조용히 준규의 옆에 앉으려는데, 준규가 은근슬쩍 옆의 여자를 제 쪽으로 잡아끌며 술을 권했다. 청호가 머뭇거리자, 준규가 눈길을 주고 다시 여자를 봤다. 청호는 땀 찬 손바닥을 스치는 찬 바람에 추위를 느꼈다. 재킷을 여미며 두 여자 사이에 앉았다. 한쪽은 준규가 끼고 있는 여자, 다른 한쪽은 윤희였다.

"무슨 얘길 그렇게 다정하게 했어요?"

윤희가 아무렇지 않게 말을 붙였다. 보조개가 팬 웃음을 머금으며 캔맥주를 따서 건넸다.

"짠!"

청호는 타이밍을 놓치고 윤희의 얼굴만 바라봤다. 윤
희는 저와 잘 어울리는 동그란 두 눈을 귀엽게 깜박거
렸다.

"짠, 안 해요?"

"아, 예."

청호는 잔을 부딪치고 원샷을 했다. 왜인지 모르게 헛
웃음이 나왔다. 윤희는 이를 놓치지 않으려는 듯 보기
좋게 따라 웃었다. 땋은 머리에서 흘러내리는 가닥을 귀
뒤로 넘기며 고개를 기울었다.

"웃는 게 훨씬 보기 좋은데요?"

"아, 예……."

윤희는 큭큭 웃었다. 한 뼘 가까이 청호 곁으로 붙
었다.

"P사 다니신다면서요? 준규 씨한테 들었어요."

"예?"

"전 이번에 거기 비서 지원했다가 홀랑 떨어졌는데.
혹시 그날 저 보셨어요?"

청호는 준규를 보려 했지만 준규는 작정한 듯 청호에

게 등을 돌린 뒤였다. 청호 씨, 듣고 있어요?라며 입술을 비죽거린 윤희에게 뒤늦게 대꾸를 했다. 에두른 대답을 했고, 화제를 돌리려 했지만 실패했다. 윤희는 이것저것 물어왔다. 청호는 가만히 듣고 있다가 머뭇거리며 입을 뗐다. 망했다는 생각도 잠시, 의도치 않게 윤희의 궁금증에 대한 이야기를 해줄 수 있었다. 원미 덕분이었다. 원미가 청호에게 시시때때로 직장에 대해 토로한 부분들이 윤희가 던지는 질문과 운 좋게 맞물렸다. 몸이 반쯤 붕 뜬 기분이었다. 계약직 임원 비서에 대한 자격요건, 경쟁률, 복리후생, 애로 사항 등등, 청호는 윤희에게 자판기같이 툭 치는 대로 원하는 대답을 내뱉었다. 그러다 자신이 꼭 원미의 전무가 된 것 같은 오묘한 기분에 들어 또 한 번 헛웃음을 터뜨렸다. 윤희는 그에 맞춰 조잘대던 입을 다물고, 은근한 미소로 청호의 팔을 감싸 안았다. 청호는 윤희의 머리카락과 그 끄트머리를 보고, 윤희의 눈을 보았다.

청호와 윤희가 탄 차가 위태롭게 도로 위를 질주했다. 아무도 오지도, 가지도 않는 깊은 밤이었다. 청호는 함

부로 핸들을 돌렸다. 될 대로 되라는 심정이었다. 그 옆에서 윤희는 청춘 드라마의 여주인공이 된 듯 고래고래 소리를 지르며 만세를 불렀다. 그러다 윤희가 생각을 바꿔 먹고 청호의 아랫도리로 파고들자, 청호 역시 그 자리에 차를 세우고 함께 뒷좌석으로 넘어갔다.

윤희를 품은 순간, 청호는 저도 모르게 입 밖으로 욕지거리가 튀어나왔다. 뜨겁게 조이는 실감에 두 눈을 깊이 감았다. 곧장 움직이지 못했다. 너무 오래간만이기도 했고, 생소한 상황에서의 희열이 미어진 탓이기도 했다. 윤희는 그런 청호를 올려다보며 아이처럼 웃었다. 청호는 마음을 다 잡고 몇 번 움직였지만, 이내 제멋대로 꿈틀거리는 몸을 주체하지 못했다. 제 자신이 여자 위로 올라탄 것부터가 어색하게 느껴질 정도였다. 오줌인지 정액인지 뭔지도 모를 게 금방이라도 터져나와버릴 지경이라, 청호는 자세를 바꿔 윤희를 배로 올렸다. 윤희는 능숙하게 교성을 섞어가며 리드를 했다. 그러다 천천히 청호와 가슴을 포개며 엎드렸다. 청호는 다 들릴 만큼 숨을 쉬어가다 윤희의 머리끈을 찾아 더듬거렸다. 머리끈을 잡아당겨 풀었다. 이에 윤희가 고개를 몇 번 흔들자 머리카락이 금세 풍성해졌다. 청호는 바싹 마른 입을 벌린 채로 윤희를 끌어안았다. 그대로 으스러뜨리듯 팔에 힘을 주다가, 차창 너머의 까만 하늘을 바라보다가, 원미인지 윤희인지 모를 여자의 이름을 입모양으로 그렸다. 눈앞이 뿌옇게 번지며 정신이 희미해지려 했다. 갑자기 두 눈이 코앞에 나타났다. 툭 튀어나온 표피에 잿빛으로 박힌 물고기 눈알 같은 게 사방으로 움직였다. 그러다 꼭 청호를 발견한 것처럼 우뚝 멈췄다. 청호는 정사에 가쁜 숨을 제대로 내쉬지도 못하고 얼어붙었다. 저게 자신을 지켜보고 있다는 기분에 눈두덩 뒤로 이어진 핏줄에서부터 점점 열이 오르기 시작했다. 청호는 온 몸 꼿꼿이 힘을 주다 가까스로 눈을 감았다. 금방이라도 터질 것처럼 뜨겁게 눈이 죄어왔다. 그리고 이내 힘이 풀렸다. 청호는 밭은소리를 냈다. 유난히도 지독한 비린내가 났다. 청호는 자신의 코를 그만 뜯어버리고 싶었다.

"어때요, 일은 좀 할 만해요?"

팔에 물기가 닿아 움츠리며 고개를 들었다. 상혁이 청호에게 댄 캔커피를 흔들며 옆에 앉았다. 청호는 커피를 받아들곤 어물어물 대답했다.

"예에, 괜찮습니다."

둘은 돌계단에 나란히 앉아 부산스럽게 움직이는 사람들을 바라보았다. '육아박람회'라고 커다랗게 걸린 플래카드 아래 수많은 사람들이 입출구를 오고 갔다. 배가 잔뜩 부른 임신부들이 심심찮게 섞여 있었다. 상혁은 틈틈이 누군가와 무전을 하며 상황 전달을 해나갔다. 청호는 커피를 마시며 눈으로 임신부들의 뒤를 좇았다.

"이틀째 되니까 이제 어떻게 돌아가는지 그림이 대충 보이죠?"

"예, 뭐……."

"내일이랑 모레 남은 이틀은 몸이 자동적으로 움직일 거예요. 기계라니까요, 기계."

상혁은 하하 웃으며 소매로 이마를 훔쳤다. 그에게서 나는 땀 냄새는 준규에게서 나던 향수 냄새와 다르게 어딘지 낯설었다. 모텔에서 자신이 하는 일은 땀이 날 만한 게 아니었다. 방 청소는 일하는 아주머니나 명일의 몫이었고, 청호가 하는 거라곤 컴퓨터 앞에 앉아 영상 편집을 하거나 카운터에서 손님을 받는 게 다였다. 준규가 없을 때는 실질적 사장의 역할을 껴안았다. 준규는 심심찮게 청호의 팔을 그러쥐며, 새끼야, 잘만 키우면 니 거 되는 거야, 신경 잘 써라, 하는 식의 말을 주입시켰다.

청호는 검지로 코끝을 문지르고 커피를 마셨다. 상혁은 무전에 대답을 하고 팔을 쭉 펴 기지개를 켜다가 뭔가 생각난 듯 청호를 봤다.

"아, 어제 원미가 안 그래도 얘기를 꺼냈었는데."

청호가 눈썹을 뒤틀며 상혁을 바라봤다. 원미에게는 말하지 말라고 해놨던 터였다. 상혁이 손사래를 치며 웃었다.

"그냥 얼버무리며 넘겼습니다."

"뭐라고 했는데요?"

"청호 씨한테 연락 안 왔냐고요. 사람 창피하게 왜 그러는지 모르겠다며 욕까지 하던데요."

또 버릇처럼 하하거리던 상혁이 청호에게서 아무런 대꾸가 없자 머쓱하게 입을 다물었다. 청호가 캔을 놓고 플래카드로 시선을 돌렸다.

"허물이 없네요, 두 사람."

"아무래도, 대학 때부터 쭉 친했으니까요."

"……원미 어떻게 생각하십니까?"

"예?"

"예쁘지 않습니까?"

상혁의 눈을 마주 봤다. 상혁은 얼마 못 가 시선을 피했다. 그러곤 관자놀이에 흘러내리는 땀을 훔쳐냈다. 청호는 냉담한 표정으로 일어섰다. 상혁이 무어라 말을 하기도 전에 박람회장 홀 안으로 들어갔다. 송사리 떼 같은 사람들을 헤치고 부스에 갔다. 벽에 쌓인 육아용품 상자를 정리하기 시작했다. 뒤따라 들어온 상혁이 청호 곁으로 왔다. 청호는 외면한 채 상자에서 플라스틱 팩으로 된 젖병 세트를 꺼내다가, 이내 이를 악물며 손에 든 걸 바닥에 내치듯 던졌다. 판매사원들은 물론 곁에서 제

품 설명을 듣던 사람들까지 일제히 청호를 봤다. 상혁은 입을 반쯤 벌리고 어처구니없어하던 것도 잠시, 재빨리 제품을 들고 청호에게 건네주었다.

"조심하지 그랬어요. 큰일 날 뻔했네."

청호는 부동자세로 상혁을 보았다. 상혁은 웃으며 청호의 손을 잡고, 그 안에 젖병 세트를 올려놓았다.

"큰일 날 뻔했어요, 정말."

상혁은 돌아서서 무전이 부르는 곳으로 갔다. 사람들은 이미 제 할 일에 고개를 돌린 지 오래였다. 그들의 입과 입에서 소란스럽게 떠들어대는 소리가 낯설었다. 목구멍으로 신물이 올라왔다. 청호는 끊임없이 침을 삼켰다. 모서리가 찌그러진 젖병 세트를 든 채로 한참을 움직일 줄 몰랐다.

원미에게 연락이 온 건 다음 날 아침이었다. 전화를 받자마자 자기, 어떻게 된 일이야 대체!라며 야단이었다. 그때 청호는 무거운 눈꺼풀을 비비며 뗇은 입을 떼었지만 목소리가 바로 나오진 않았다. 희미한 시야가 잡

히면서 앞에 시멘트 벽이 보였고, 온몸이 뻐근하고 추위
를 느꼈다. 청호는 쓰레기봉투가 쌓인 골목길 가로등에
기대앉아 있는 자신을 발견했다. 느리게 몸을 떼어 가로
등 기둥에서 조명까지 올려다보았다. 그러다 하늘의 햇
빛이 부셔 그대로 눈을 감았다. 붉은 어둠 속에서 원미
는 끊임없이 자신을 불러 세웠다.

"류청호! 듣고 있어?"

"응."

"상혁 오빠한테 연락했다며? 오늘 일은 왜 안 나간 거
야? 지금 어디야?"

청호는 깔깔한 목덜미를 손으로 쓸다가 바닥에 손을
짚었다. 느낌이 이상해서 눈을 떠보니 손이 토사물 한가
운데에 놓여 있었다.

"아, 씨발……."

"뭐? 지금 말 다 했어?"

"그런 거 아니야."

"오늘 일은 왜 안 나갔냐니까? 모텔 관둔 거야? 대답
좀 해봐. 나 시간 없어."

"휴가 받았어."

"휴가?"

"끝나면 연락해, 그때 얘기하자."

"안 돼, 나 오늘……."

"……."

"아냐. 일단 끊어."

휴대폰을 그대로 주머니에 넣고 손을 떼었다. 그나마 토사물이 말라가고 있던 터라 얼마 묻지 않은 걸 다행으로 여겨야 할까, 청호는 엉거주춤 자리에서 일어났다. 머리가 핑 돌며 비틀거리다 토사물을 밟았다. 신발 밑창과 손바닥을 가로등 기둥에 문질렀다. 뒤에서 무슨 소리가 들려서 고개를 돌렸다. 덩치는 있지만 비쩍 마른 개한 마리가 서 있었다. 개는 청호와 눈이 마주치자 경계하며 몸을 낮췄다. 그르렁거리며 금방이라도 달려들 태세였다. 청호는 어쩐지 웃음이 나왔다. 간신히 균형을 잡으며 가로등에서 멀어져가는데, 지켜보던 개가 머뭇거리다 움직였다. 바짝 코를 박고 여기저기를 살피다가 쓰레기봉투 옆구리를 뜯으며 파고들었다. 그러다 그 옆

토사물을 발견하고 이내 한참을 거기에 머물렀다.

청호는 낚시터 제일 구석에 자리를 잡았다. 옅은 안개가 낀 낚시터와 저수지는 고요에 잠겨 있었다. 청호는 안개를 보호막 삼아 의자에 앉은 몸을 한껏 웅그렸다. 자신의 뒤로는 녹슨 철 기둥에 '새봉낚시터'라는 간판이 걸려 있었다. 간판은 흙먼지와 벌레로 뒤덮여 힘겹게 빛을 발하고 있었다. 이럴 바엔 조명을 끄는 게 나을 테지만, 주인도 잊어버린 듯 간판은 홀로 시간을 버티고 있었다.

낚시를 하기엔 좋은 지점이 아니었다. 찌 바로 옆으로 물풀과 생이가래 따위가 수면을 뒤덮고 있었다. 하지만 청호는 별 생각 없이 찌를 바라봤다. 입안에 고인 침을 삼켰다. 그리고 의자 옆에 놓은 컵라면 용기를 집어 들었다. 다 식어 얼마 안 남은 국물을 마저 마셨다. 다시 바닥에 놓은 컵라면 옆으론 빛바랜 남색 짐 가방이 놓여 있었다. 청호는 담배를 물었다. 생각 없이 연기를 마시고 뱉길 반복하다가, 문득 입술을 오므리며 호, 하고 내뱉어보았다. 연기는 금방 옅어져 안개에 묻혀버렸다. 몇 번 더 시도하다가 관뒀다. 소식 없는 찌를 지켜보다 침을 뱉으면서, 컵라면 용기 그리고 그 옆의 가방을 보았다. 두어 시간 전쯤 모텔에서 챙겨온 두 번째 짐이었다. 마지막 짐이기도 했다.

만석으로 꽉 찬 주차장을 보고 건물에 들어갔는데 모르는 남자가 카운터에 앉아 있었다. 남자는 어? 하다가 이윽고 청호를 알아보는 눈치였다. 청호는 남자의 손에 들린 모텔 장부를 봤다. 그리고 아무 말 없이 남자의 등 뒤로 가서 자신의 방 문고리를 잡았다. 방 안에는 명일이 있었다. 명일은 서툴게 몰카 편집을 하다 말고 토끼눈으로 청호를 봤다. 청호는 문턱에 서서 말없이 명일을 봤다. 얼마쯤 시간이 흐른 뒤에 짐을 챙기기 시작했다. 등 뒤로 명일은 더듬거리며 말을 늘어놓았다. 아니, 형, 그게 아니라요, 사장님이 그냥, 너도 한번 해봐두라고, 형이 몸져눕기라도 하면 프로그래머를 부를 순 없는, 뭐, 그런 노릇은 아니지 않겠냐면서, 그래서 그냥 한 번, 연습 삼아다가, 아니, 연습이 아니라, 아, 형, 형이 이러

시면 제가 뭐가 돼요, 형, 청호 형! 어디 가요! 청호 형!
형님!

청호는 담배를 끄고 자리에서 일어나 찌뿌드드한 몸
을 이리저리 움직였다. 달 뜬 하늘을 올려다보다가 낚싯
대를 집어 들었다. 줄을 한번 감아보는데 움직이질 않았
다. 어딘가에 걸렸는지 힘으로 당기려다 끊기고 말았다.
새로 갈아서 다시 찌를 놓았다. 의자에 앉자 윗도리 안
주머니에서 휴대폰 진동이 울렸다. 확인하진 않았다. 스
무 번째도 더 넘은 것 같았다. 전화를 받을 생각은 없었
지만, 그렇다고 휴대폰 전원을 끌 생각도 하지 않았다.
청호는 아무 일도 없는 얼굴로 찌를 응시했다. 그러다
문득, 일말의 안도를 느꼈다. 휴가 전날, 며칠 방을 비우
는 걸 대비해 혹시 몰라 원미와의 영상은 따로 휴대폰
에 옮겨둔 터였다. 이걸 잘됐다고 여기고 안도하는 제
모습에 청호는 헛웃음을 터뜨렸다.

"뭐 웃긴 일 있냐?"

"……."

"같이 좀 웃자."

어깨에 낚시 가방을 멘 준규가 돌을 자박자박 밟으며 다가왔다. 손에 들고 있던 낚시 의자를 청호 옆에 폈다. 청호는 가방을 열어 낚시 준비를 하는 준규를 멍하니 바라보기만 했다. 온몸이 바싹 마르는 듯했다. 준규는 쭈그려 앉아 미끼통을 뒤적거렸다. 머리를 긁적이며 이것저것 집어 들어 살폈다. 청호는 뺨을 스치는 찬기에 목을 움츠리며 두 손을 주머니에 넣었다. 또 다시 울리던 휴대폰은 이번엔 얼마 울리다 말고 끊겼다. 확인해볼까, 휴대폰을 집으려다 준규가 일어서는 걸 보고 놓았다. 그러다 준규가 자신을 보자 얼른 휴대폰을 끄집어내 버튼을 눌렀다. 화면은 깜깜한 채로 변하지 않았다. 전원이 꺼진 상태였다. 청호는 휴대폰을 쥔 손에 힘을 주다가 슬그머니 시선을 올려 준규를 봤다. 준규는 낚싯대를 들고 미끼를 예의 주시했다. 저수지를 한번 보고선, 쥐고 있는 낚싯대에 살짝 반동을 주고는 줄을 크게 던졌다.

청호는 날아가는 준규의 미끼를 따라갔다. 고심 끝에 고른 듯한 건, 눈에 띄게 밝은 인조 미끼였다. 청호는 순간, 장기를 쥐어짜는 것마냥 뒤틀리는 경련을 느꼈다. 극도의 허기 끝에 몰리는 느낌과도 같았다. 청호는 배를 움켜쥐었다. 온몸에서 야광을 발하는 미끼는 저수지를 파고들어갔다. 청호는 고개를 숙여 배를 쓸며 어둠에 잠긴 땅바닥을 보다가, 다시 고개를 들었다. 그러자 눈앞에, 미끼가 보였다. 물속이었다. 물은 탁했지만 미끼는 또렷하게 제자리를 잡고 있었다. 물결에 따라 쉽게 흔들리는 것이 제법 물고기 같기도 했다. 청호는 다시 땅바닥이 나오길 바라며 아래를 보고자 했지만, 뜻대로 되지 않았다. 미끼가 보이는 시야에서 좀처럼 벗어날 수가 없었다.

청호는 몸을 움직이려 했다. 그러자 제 뒤에 달린 꼬리가 양옆으로 파닥거렸다. 동시에 미끼의 코앞까지 나아갔다. 청호는 그대로 굳었다. 멍청히 숨만 쉬었다. 숨을 쉬는데 자꾸만 물이 몸속으로 빨려들어왔다. 겁이 나서 더 움직일 생각을 못했다. 눈이 부셨다. 자신의 주둥이까지 야광으로 물드는 기분이 들었다. 준규가 웃었다. 이에 미끼가 고개를 끄덕이는 것처럼 위아래로 움직였다. 청호는 넓적한 주둥이 끝에 힘을 주었다. 시큼한 빛을 보고 있자니, 배가 고팠다. 왜 이런 생각이 드는 거지 싶다가도, 배가 고팠다. 미끼는 여전히 적당한 사이를 두고 오르내렸다. 이젠 물속이 다 샛노래 보였다. 청호는 떠 있는 채로 물속에서 웅웅거리는 준규의 웃음소리를 듣다가 천천히, 주둥이 사이를 벌렸다. 그러자 기다렸다는 듯 입속이 금세 비린 물로 가득 찼다. 청호는 약을 먹기 전 목을 축이는 사람처럼 느리게, 느리게, 물을 들이켰다. 그러고 나서 꼬리를 아주 살짝 움직여보았다. 몸이 나아가며 이질적으로 딱딱한 물체의 감촉과 함께, 날카로운 바늘이 천천히 입천장을 뚫고 들어갔다.

"걸렸다!"

준규는 잽싸게 줄을 감았다. 어어, 이 새끼 봐라, 하며 상체를 뒤로 기우는 시늉을 보였다. 저수지 한편을 가로지르는 줄기가 준규에게 가까워졌다. 준규는 짐짓 두 다리에 힘을 주며 때를 기다리다가 몸을 튕기듯 낚싯대를 끌어올렸다. 물속에서 가물치가 튀어나왔다. 투박한 몸뚱이가 힘에 이끌려 날아올랐다. 준규의 시선이 가물치를 따라 위로 향했다. 허공을 헤치던 가물치는 별안간 중간에서 낚싯줄과 툭 끊겨버렸다. 준규의 입이 벌어졌다. 가물치는 홀로 육중하게 펄떡이며 그대로 박치기를 하듯 땅바닥에 떨어졌다. 준규는 낚싯대를 떨어뜨리고 가물치가 떨어진 자리로 갔다. 미미하게 헐떡이는 걸 내려다보다가 쭈그려 앉았다. 두 손으로 억세게 생선 대가리를 쥐고 주둥이를 열었다. 그러자 은은한 야광 빛이 준규의 눈을 밝혔다. 미끼가 목구멍에 끼여 있었다. 가물치의 꼬리가 힘없이 뛰었다. 주둥이 안에 들어간 준규의 두 엄지와 미끼에 피가 스몄다.

준규는 느리게 눈을 깜박거리다가 뒤로 돌아보았다. 그의 시선 끝에 선 청호는 몸을 움찔했다. 자신의 쇄골과 목 언저리를 매만지고 있던 손을 그대로 거뒀다. 준규는 말없이 청호를 응시했다. 한손으로 가물치의 아가미를 잡고 일어났다. 청호는 마주보던 시선을 떨구며 가물치를 봤다. 그리고 여태 깨물고 있던 입술을 뗐다.

"……월척입니다, 형님."

준규는 싱겁게 웃었다. 준규를 바라보던 가물치가 두

툼한 주둥이를 우물거리며 날차게 몸을 뒤틀었다. 희부
옇게 발하는 낚시터 간판이 점멸하는 동안 가물치가 몸
부림을 쳤다. 그칠 듯 말 듯 하지만 그치지 않으며.

밤의 잠자리

네. 전 방학마다 산장에서 아르바이트를 했어요. 그러니까 작년 여름, 겨울, 그리고 이번 여름까지, 햇수로 꼭 일 년 됐네요. 거리가 멀긴 한데, 주인집 할머니 할아버지께서 정말 잘해주시고, 일도 편해서 좋았어요. 아, 네. 집을 자주 비우시긴 했는데……. 그게 문제 될 거 있나요? 그저 절 손녀처럼 여기고 믿으신 건데요. 아뇨, 지금 그 사람들 죽은 거랑 뭐 어떻게 엮어보려고 하는 것처럼 굴잖아요, 아니에요?

응. 주인 할머니가 이틀만 더 있다 가래. 내일 올래?

응. 모레 일찍 출발해야 하니까. 같이 나가면 좋을 것 같아서……. 아, 오늘? 밤? 어디 갔다가 오는 건, 아, 아니야. 응. 그래. 알았어.

잠자리 날개를 흔들었다. 시맥이 촘촘히 갈라져 햇빛에 반짝이는 모양을 구경하다 침대에 풀썩 앉았다. 현과 통화를 마치고 나면 배 속에 적정량의 음식물이 차 있는 듯 좋기도 하고 아쉽기도 했다. 오른쪽 엉덩이를 손으로 가만가만 쓸었다. 알알한 느낌은 곧 함께 했던 밤을 떠올리게끔 했다. 현의 단단한 살갗이 내 오른쪽 엉덩이를 찰싸닥찰싸닥 때리던 감촉과 소리. 벽면 거울 앞으로 가 바지를 내렸다. 푸른 멍이 엉덩이 한바닥을 차지했다. 갓난아이의 몽고반점 같았다.

옷을 추스르고 날개 없이 바닥을 기고 있는 잠자리 옆을 지나쳤다. 신발을 신으며 눈높이에 '하루 산장'이라고 쓰여 있는 문을 가만히 바라보다 밀고 나갔다. 기지개 켠 손을 허리에 얹고 아래를 살폈다. 산장은 언덕의 오르막을 계단식으로 깎아 세 개의 층으로 객실들이 이어져 있는데, 내가 머무는 곳은 그중 맨 위층이었다. 1층에는 주인 노부부의 집과 주차장이, 2층과 3층에는 크기만 서로 다른 객실들이 있었다. 어느 곳에도 인기척은 없었다. 할머니와 할아버지는 이미 노인정에 간 듯했다. 나는 바비큐장을 지나쳐 가운데로 난 계단으로 갔다.

원래 계획대로라면 마지막이었을 손님을 보낸 오늘 아침, 방으로 들어가려 할 때 할머니가 나를 불러 세웠다. 할머니는 이미 승낙을 받은 사람처럼 내게 말했다. 갑자기 전화 예약 손님이 생겼다고. 돈은 얹어주겠으니 이틀만 더 있다가 가라고. 나이에 비해 도드라지는 건치를 드러내며 웃었다. 이는 목에 걸친 큼직큼직한 진주 알맹이들처럼 반짝거렸다. 이틀을 더 일하면 별 다를 준비도 못한 채 곧장 개강을 맞아야 했다. 하지만 준비랄게 있을까 자문해보면 딱히⋯⋯, 하고 머리를 긁적이게 됐다. 몇 시, 몇 명이냐고 물었다. 세시쯤, 남자 셋에 여자 둘, 총 다섯이라 했다.

주인집에서 객실 열쇠를 들고 나왔다. 303호. 나와 같은 층, 끝과 끝이었다. 하늘이 맑았다. 화창한 날엔 으레 그래야 하는 양 휘파람을 불며 계단을 올랐다. 여태껏

밤의 잠자리 | 121

해온 다른 아르바이트와 비교해 보면 이곳 산장은 쉼터와 다를 바 없었다. 육체적 피로를 떠나서 정신적 스트레스를 받을 일이 거의 없었다. 할머니와 할아버지는 돈을 벌자고 산장을 차린 게 아니었다. 단지 가진 재산이 넉넉하고 사람 보길 즐거워하는 성향이 잘 들어맞아 소일거리처럼 시작한 것이었다. 그들도 곧잘 내게 그렇게 이야기했다. 그나마도 할아버지는 산장 관리에 일절 손을 대지 않았다. 내가 오기 전까지 셋째 아들과 함께 지냈다는데, 그가 취직해 시내로 떠나게 되면서 아르바이트 자리를 냈다고 했다. 그가 떠나고 내가 들어가게 된 빈방의 서랍 구석에는 그가 미처 챙기지 못한 콘돔 하나가 있었다. 그건 여전히 그 자리, 내 속옷과 함께 바닥에 붙어 있다.

할머니와 할아버지는 내가 온 뒤로 나를 셋째 아들처럼 여기며 산장을 비우는 일이 허다했다. 노인정에 가거나, 노인정에 있는 사람들과 나들이를 갔다. 이따금 어린아이를 동반한 손님들이 올 적에만 자리를 지키는 편이었다. 애가 참 예쁘네, 우리 손녀도 차암 예쁜데, 우리

손녀 이름이 하루예요, 하루, 여기 산장 이름 말이야, 따위의 말을 붙이면서.

이곳에 처음 왔던 작년 여름, 두 달 간의 방학이 끝나갈 즈음이었다. 그때까진 웬만하면 산장을 비우지 않았던 할머니가 날 부르더니, 동네 사람들과 함께 서울 구경 좀 하고 오겠다고 했다. 이어 할아버지와 나갈 채비를 했다. 나는 관광버스 앞에서 작별 인사를 나눴다. 그리고 여름방학 마지막 날, 할머니가 돈 봉투를 쥐여주며, 겨울에도 와, 응? 하는 인사로 이미 다음 방학 아르바이트가 정해지게 되었다. 그렇게 세 번째였다. 세 번째로, 춘천 산골 어딘가의 산장 객실 한구석에서 청소기를 돌렸다. 하는 일는 주로 청소였다. 손님이 오기 전에 미리 청소를 하고, 떠나고 나서도 청소를 하고. 몸이 고되긴 했지만 익숙해지니 나름의 여유가 생겼다. 그 외엔 손님들에게 간단히 산장과 주변 볼거리 안내를 해주고, 중간중간 필요한 게 생기면 챙겨다주는 형식적인 동선을 벗어나지 않았다. 손님들은 오히려 나보다 능숙하면 더 능숙했지, 몰라서 애를 먹는 경우는 없었다. 나는 방학 동안 놀지도 못하고 이렇게 일만 하고 있지만 전 괜찮아요, 하는 이미지로 그들 사이의 그림자처럼 별 탈 없이 지냈다. 종종 고생이 많다는 말과 함께 찔러주는 용돈은 배시시 웃어 보이며 받는 게 상책이었다. 떨어진 번개탄을 사 오다가, 남은 고기를 몰래 집어 먹다가, 하다못해 앞마당 잔디밭에 앉아 날아다니는 잠자리를 구경하다가도 받은 적이 있었다.

잠자리는 죽어 있었다. 처음 있던 자리보다 꽤 벗어난지라, 거기까지 기어간 게 용했다. 엄지발가락으로 기다란 몸통을 양옆으로 굴리다가 힘을 주어 눌렀다. 누런 물이 발가락 바깥으로 퍼졌다. 발바닥을 바닥에 대충 문지르고 침대에 누웠다. 노곤한 기운이 몰려왔다. 계속 이인실만 돌다가 오래간만에 큰 객실을 청소해서 그런 모양이었다. 마른세수를 하며 하품했다. 불을 켜지 않고도 충분히 환한 천창을 멍하니 바라봤다. 이내 눈꺼풀이 감길 듯 말 듯 무거워졌다. 다시 겨우 뜨일 때마다 의식은 서로 다른 화제를 끄집어냈다. 바닥 치워야 하는데. 물들 수도 있는데. ……. 이번에 돈 받으면 예쁜 속옷 하나 사야지. ……. 아 저번에 다른 잠자리. 날개랑 몸이랑 같이 뜯겼는데. ……. 현이 보고 싶다. 훈련 잘 받고…….

본능적으로 몸이 벌떡 일으켜졌다. 자동차 엔진 소리가 들렸다. 서둘러 나갔다. 잿빛 승합차가 주차장에 들어서고 있었다. 눈곱을 떼며 계단을 내려갔다. 마침맞게 주차장 앞에 서니 차 문이 열렸다. 나는 인사를 하려다 말고 움직이지 못했다. 순간 뼈마디 곳곳이 뻣뻣해졌다. 손님들이 땅에 발을 딛기 직전까지, 그들의 눈이 너무도 뚜렷하게 동그란 겹눈을 하고 있었다. 헛것이 아니었다. 틀림없는 겹눈, 그러니까 잠자리처럼 불투명하고, 크고, 누런빛을 띤 갈색 눈이었다. 한 명 한 명이 내리고 문이 닫힐 때가 돼서야 나는 가까스로 웃으며 인사를 건넬 수 있었다. 마지막으로 머문 시선 속에는 만삭의 임신부가 한 손으로 허리를 짚으며 숨을 길게 내쉬고 있었다.

다섯 명이 안에 모여 있다는 게 의심스러울 정도로 객실은 조용하고 잠잠했다. 나는 그들의 방을 마주 볼 수 있는 바비큐장 벤치에 책 한 권을 들고 걸터앉았다. 괜히 관심 없는 척 먼 산을 보고 책장을 넘기며 다리를 흔들어댔다.

　남자 세 명은 체격으로 구분이 됐다. 1은 눈에 띄게 근육들이 튀어나와 우락부락한 인상을 줬고, 2는 몸에 비해 배가 유난히 튀어나왔고, 3은 비쩍 말라서 비실비실해 보였다. 여자 두 명도 금방 이미지가 각인됐다. 4는 글래머러스한 몸매에 눈 아래 점이 인상적이었고, 5는 만삭의 임신부였다. 얼마 전 이들과 맞닥뜨린 순간이 지금도 생생했다. 아니, 그 순간 자체라기보다는 그저 그들의 눈만 기억났다. 아기 손바닥만 한 크기의 겹눈이 햇빛에 반사되어, 낱눈 한 겹 한 겹에서 빛이 났다. 오히려 다시 제대로 보였던 맥없는 눈동자들이 가짜처럼 느껴질 정도였다. 힐끗 앞을 봤다. 303호의 적막감이 엄습해왔다.

　이윽고 문이 열렸다. 1과 3이 담배를 물며 나왔다. 상반되는 체격으로 나란히 서 있는 두 남자가 어쩐지 우스워 보였다. 무어라 수군거리던 둘은 재를 털다 말고 나를 쳐다봤다. 나는 그제야 내가 지나치게 빤히 보고 있었단 걸 알아차렸다. 누가 봐도 어색할 웃음을 치며 뭐 필요한 건 없느냐, 날씨가 너무 좋다, 하며 자질구레한 말을 늘어놓았다. 내 방으로 돌아가기도 무엇해 아래로 내려갔다. 3층은 바로 뒤편에 상록수가 우거져서 여름에도 늘 서늘한 것과 달리, 2층과 1층은 후텁지근했다. 앞마당을 서성이며 손부채질을 했다. 1과 3은 여전히 담배를 태우며 처마 아래 서 있었다. 그들이 시야에 든 가운데 내 방으로 올라가기는 싫었다. 방전된 몸으로 땡볕 아래 버티고 있기도 지치기에 하는 수 없이 주인집 비밀번호를 누르고 들어갔다. 땀을 훔치며 찬 바닥에 그대로 몸을 납작 댔다. 휴대폰을 만지작거리다 얼마 지나지 않아 잠에 들었다.

몸 끄트머리가 간질거렸다. 손가락 같기도 하고 머리 끝 같기도 했다. 계속해서 가볍게 스치는 느낌에 뒤척이다가 할머니를 발견하곤 상체를 일으켜 앉았다. 얇은 모시이불이 배에 덮여 있었다. 할머니는 젖은 손수건을 들고 웃었다. 손수건 한편에 묻어 있는 누런색 물이 보였다. 엄지발가락이 촉촉했다.

"최씨네가 감자 좀 많이 쪘길래 몇 개 챙겨왔어. 먹어

봐. 맛있어."

내가 뭐라고 말하기도 전에 할머니는 옆에 놓인 쟁반을 건넸다. 나는 발가락을 이불 속으로 숨기며 쟁반을 받아 들었다. 손바닥부터 온몸이 홧홧했다.

"냉장고에 물김치도 있으니까 같이 먹고, 오늘은 여기서 자. 같은 층에 있으려니 불편하지?"

"아니에요, 전 그냥 아까……."

"괜찮아. 난 최씨네서 자고 올 거고, 우리 아저씨도 낚시하러 갔는데 거기 방갈로서 자고 온다 했어. 걱정 말고 편히 있어. 여기 소쿠리 있으니까 이건 손님들 주고, 응?"

나는 쟁반 바닥을 만지작거리며 알았다고 답했다. 할머니는 누군가를 받아줄 때 짓는 특유의 미소를 머금고 일어났다. 할머니가 나간 문을 보고, 그 옆 창밖의 저녁 하늘을 보고, 바닥 소쿠리에 담긴 감자들을 봤다. 손님들이 있었단 걸 뒤늦게 상기했다. 그동안 별일 없었던 걸까. 할머니는 언제 들어왔던 거지. 그리고 발가락. 나는 입술을 깨물었다.

알리바이요? 아, 현이 말하는구나. 원래 이렇게 물어본 거 또 물어보고 그러는 거예요? 나중에 말 바뀌면 의심하려고? 알았어요, 알았어요, 말할게요. 일단 저번에도 말했던 대로 현이는 제 남자 친구예요. 할머니께서 이틀 더 있다 가라고 하셨는데, 때마침 현이한테 전화 와서 오라고 한 거구요. 군대 간 남자 친구 얼굴 보기 힘들잖아요. ……아뇨, 뭐 그것 때문에 여기서 아르바이트 한 건 아니구요. 우연히 서로 있는 곳 알게 돼서……, 아니 외로운 젊은 남녀가 만나는데 뭘 더 하겠어요?

현은 과대를 제외하고 내게 알은체를 해주는 유일한 사람이었다. 내가 왜 모두 꺼리는 존재가 되었는지는 모른다. 변명이라면 난 단지 열심히, 개미처럼 산 것밖에 없었다. 과 생활은 사치라 여겨져 잠시 나중으로 미뤄둔 것뿐이었다. 하지만 그동안 난 둘레 밖으로 넘어가버렸고, 성적은 항상 제자리였으며, 통장 잔고는 바닥 신세를 벗어나지 못했다. 멍하니 정신을 놓는 게 습관이 됐다. 목을 빼고 몸이 반쯤 앞으로 기울어 위태롭게 나아가다 넘어지기 일쑤였다. 밥을 먹는 건지, 일을 하는 건지, 단지 잠들기 직전과 잠 깨는 순간만 머릿속에 큰 빛이 잠깐 나타나다 사그라졌다. 그런데 언젠가 강의실을 나서던 내 팔을 툭 치던 현의 손길이 느껴질 때, 나는 그 빛을 보았다. 안희수, 숨은 쉬고 다니냐, 연락 좀 하고 살자! 현은 씩 웃으며 나를 보다가 친구들이 부르는 소리에 발길을 돌렸다. 두 걸음, 세 걸음, 돌아서서, 이번 오티 와서 새내기들 구경도 하고 그래, 다시 돌아서서, 네 걸음, 다섯 걸음. 현이 내 눈앞에서 사라지도록 빛은 반짝거리며 윤이 났다. 나는 곧장 문자함을 뒤져 제대로 보지도 않고 넘겼던 오리엔테이션 안내 문자를 꼼꼼하게 읽기 시작했다.

오티 일정은 끔찍하게도 길었다. 어느 쪽에도 끼지 못하는 신세가 되어, 웃으면 웃고, 다물면 다물고, 그저 옆사람 표정 흉내만 내면서 앉아 있었다. 그래도 어쩌다 현과 눈이 마주치고 미소를 받으면 그걸로 족했다. 술판이 벌어지기가 무섭게 더 이상은 아니다 싶어 방으로 올라왔다. 벽에 기대 모로 누웠다. 자리에서 일어나며 슬쩍 현을 봤는데, 새내기 중 한 명과 엮이는 장난을 받고 있었다. 에이, 애는 그냥 꼬마예요, 꼬마, 하면서도 싫지 않은 웃음을 터뜨렸다. 풋내 물씬거리는 어린애였다. 나는 의미 모를 눈물을 흘리다 잠들었고, 새벽쯤 요의를 느껴 눈을 떴다. 어디선가 시큼한 토사물 냄새가 났다. 역한 기분에 밖으로 나왔다. 복도엔 동기들과 선배들이 시체가 된 새내기들을 부축해서 옮기고 있었다. 화장실에 가서 볼일을 보고 손을 씻는데, 등 뒤로 닫혀 있는 칸에서 쿵 소리가 났다. 나는 그대로 얼어서 거울을 통해 뒤를 살폈다. 하마터면 외마디 비명이 나올 뻔한 걸 삼켰다. 긴 머리카락이 문 너머 바닥에 삐져나와 있었다. 나는 물이 뚝뚝 떨어지는 손으로 주변을 살펴보다가 칸으로 조심스럽게 다가갔다. 무릎을 꿇고 바닥 틈으로 안을 살폈다. 머리카락 때문에 얼굴이 가려져 누군지는 알아볼 수 없었지만 기절한 게 분명했다. 일단 아무나 데려와야지 싶어 몸을 일으키려다가, 뭔가를 놓친 기분에 다시 안을 봤다. 목에 걸린 큼지막한 이름표 속 익숙한 글자가 보였다. 잘못 본 게 아닌가 싶어 한 자, 한 자, 되짚어 읽어보는 입술에서 찌르르한 오르가슴을 느꼈다. 난 삐져나온 머리카락이 남들 눈엔 보이지 않게 안으로 밀어넣었다. 발길을 재촉했다. 현을 찾아야 했다. 이미 자고 있다면 깨워서라도 데리고 올 생각이었다. 한 층을 올라가니 코너를 지나치는 현의 뒷모습을 발견했다. 나는 처음으로 현의 이름을 불러보았다. 어서 따라와, 네 귀여운 꼬마가 어떻게 됐는지 좀 봐봐!

와, 이제야 그 사람들 얘기 꺼내네요. 이거 텔레비전에서 보던 것보다 훨씬 힘드네. 하긴 이미 죽은 사람들 불러다 뭘 물어볼 수도 없는 거구요, 그죠? 왜요, 그 눈빛은 뭐예요? 할게요, 말한다구요. 그 사람들……, 일단 다섯 명이었고, 무슨 관계인지는 생각 안 해봤는데 지금 생각해보면 서로 어울리는 구석이 없긴 했어요. 누구는 조폭 같고 누구는 술집 여자 같은데, 또 누구는 배가 남산만 한 아줌마니까, 그러게요, 이상했네. 그땐 남자친구 오는 거 말고는 별 생각 안 했나 봐요. 원래 손님들

알뜰살뜰 챙기는 스타일도 아니구요.

작년 겨울, 함박눈이 하염없이 쏟아지던 날이었다. 뉴스에선 몇십 년 만에 내리는 폭설이라고 방송사마다 연이어 보도했다. 나는 신경질적으로 버튼을 누르던 리모컨을 집어 던졌다. 질질 짜며 볼펜으로 나방고치를 찔러댔다. 연두색의 고치집은 질퍽거리는 소리를 내며 부스러졌다. 나는 눈물을 닦을 줄도 모르고 울기 바빴다. 현이 가차 없이 퍼부은 말들이 귀를 막아도 그 속에서 끊임없이 돌고 돌았다. 뭐? 제대하고 내가 너랑 뭘 해? 야, 너 내가 좋은 말 할 때 잘 들어. 너 뭣도 아니야. 몇 번 대주니까 뭐라도 되는 것 같아? 개강하고 허튼소리 지껄이고 다니면 진짜 넌 좆 되는 줄 알아. 뭐야, 울어? 억울해? 정신 차려 이년아. 아오, 어디서 꼴갑잖은 소리를. 야, 됐고, 이거나 빨아. 현이 아니었다. 수화기 너머로 조심스럽게 너 희수, 맞니?라고 묻던, 아, 맞구나, 하고 군인 전화 받아줘서 고맙다며 기분 좋게 웃던 그 현이 아니었다. 따스하던 그 온기는 다 어디로 가버린 걸까. 난

묻고 싶었지만 입을 움직일 수 없었다.

바닥은 질척한 오물로 난장판이 됐다. 더 이상 찌를 것도 없었다. 그래도 일말의 해소감이 들어, 펜을 쥔 손등으로 눈물을 닦았다. 그때 노크 소리와 함께 문이 열렸다. 나는 무방비 상태로 할머니와 마주했다. 할머니의 손에 들린 보온병에서 희미한 계피 냄새가 났다. 눈을 맞고 선 채로 날 바라보던 할머니는 보온병을 바닥에 놓고, 수정관데 맛이 잘 들었어, 하고 웃었다. 어깨에 쌓인 눈을 털며 하늘을 봤다. 참 곱게도 내린다, 그치? 당황스러운 내 표정이 만족스러운 대답이 되었다는 양 그대로 문을 닫았다.

김이 피어오르는 감자들을 멍하니 바라보았다. 나는 형체를 알아볼 수 없는 고치 덩어리를 바닥에 널브러뜨린 그 겨울날처럼 한동안 멀거니 그렇게 앉아만 있었다. 어정쩡하게 굽히고 있던 다리가 저려오고 나서야, 종아리를 조금 주무르고 일어나 소쿠리를 들었다.

방 안이 소란스러웠다. 제대로 들리는 말은 없었지만 감자나 먹으라고 문 두드릴 상황은 아닌 것 같았다. 나는 그냥 돌아설까 하다가 누군가 내 등을 떠미는 것처럼, 못 이기는 척 슬그머니 문에 붙었다.

"고기는 무슨 고기예요. 지금 이런 판국에 그런 게 넘어가요?"

날이 선 쇳소리를 목소리를 듣자 하니 눈 아래 점이 있던 4 같았다. 귀를 기울이던 나는 김이 빠졌다. 겨우 고기를 먹네 마네, 실랑이를 벌였단 건가? 실소가 터졌고, 동시에 방 안에 정적이 감돌았다. 뒤늦게 입을 앙다물었다. 눈꺼풀 움직이는 소리가 들릴까 차마 눈도 감지 못했다. 우연일 거였다. 바람 소리보다 못한 걸 들었을 리 없었다.

"그러면. 그럼 뭘 어쩌자는 건데? 그냥 지금 뒈져버려? 동네방네 소문내면서?"

받아치는 목소리는 1인지 2인지 헷갈렸다.

"지금 말 다 했어요?"

"생각을 해봐, 아가씨. 먹고 죽은 귀신이 때깔도 곱단 소리 몰라? 나라고 무식하게 처먹고 싶어서 그러는 거 아냐. 그리고 이런 거 저런 거 떠나서, 우린 지금 휴가 나온 여행객이라고. 여행객 행세는 어느 정도 부리다 뒈져야 하지 않겠어, 안 그래?"

뒈진다고? 뭔가 이상하다 싶은데, 또 다른 남자의 목소리가 낮게 끼어들었다.

"그래요. 괜한 의심을 사지 않으려면 그게 좋을 거예요."

"……알아서들 해요. 난 그냥 방에 있을 테니까."

나는 마른 입술을 혀로 훔친 뒤 몇 걸음 물러섰다. 가슴 뛰는 느낌이 의식됐다. 들으라는 식으로 헛기침을 한 다음 앞으로 가 문을 두드렸다. 정적이 열어준 듯 문이 열렸다.

"무슨 일입니까?"

점잖은 목소리의 2가 맞았다. 나는 요깃거리를 가져왔다고 소쿠리를 보여주면서 몰래 방 안을 살폈다. 정면 소파에 앉아 있는 여자들 4와 5, 벽에 기대서 있는 3, 바닥에 양반다리를 하고 앉아 있는 1, 그리고 내 앞에 선 2까지. 나는 싱긋 웃었다. 누구의 눈에서도 아까와 같은 겹눈은 보지 못했다. 소쿠리를 2의 품에 넘겼다.

"더 필요하신 거 있으면 말씀하세요."

객실을 나와 내 방을 향해 걸어갔다. 바비큐장 부근쯤 해서 뒤돌아보니 열려 있던 창문에 커튼이 쳐졌다. 오히려 잘된 일이었다. 나는 살금살금 엿듣던 데로 되돌아갔다.

"그나저나 이 집은 노인들만 있는 줄 알았는데."

"용돈벌이 하는 손녀딸인가 보지. 아까 보니까 집에도 막 들어갔어."

"별 문제 없겠죠?"

"없어!"

1은 없을 거야, 하고 다시 덧붙였다. 그러자 2가 상황을 정리하는 듯 말했다.

"일단 각자 알아서 좀 쉬고, 저녁때 되면 바깥에서 고기를 먹거나 하면서 동태를 살펴보죠. 봐서 내일로 미룰 수도 있겠지만, 큰 변수가 없다면 오늘 밤……."

죽는다고 했다. 오늘 밤. 나는 간신히 문을 닫고, 주저앉아 무릎을 끌어안았다. 내 방까지 오는 동안 별별 생각이 다 들었다. 진정할 필요가 있었다. 물이라도 한잔 마셔야 할 것 같았다. 신발을 벗고 정수기로 향하는데 발에 뭔가 걸렸다. 바닥에 퍼진 채로 풀잎 한 줄기처럼 굳어버린 잠자리 몸통이었다. 물을 마시면서 이를 뚫어지게 쳐다봤다. 그리고 그 앞에 주저앉아 떨어져나간 머리를 주워 들었다. 엄지와 검지 사이에 들고 두 개의 겹눈을 마주보았다. 퉁방울처럼 단순하게 튀어나와 있는 이 눈, 이 눈을 그들에게서 발견했던 이유를 이제야 알 것만도 같았다. 상대를 경계하기 위해 모인 무수히도 많은 낱눈들이 그들과 꼭 들어맞았다.

신고를 해야 할까? 일반적으로 다들 그걸 마땅히 여기니까. 하지만. 나는 나를 기준으로 좀 더 생각해볼 필요가 있었다. 잠자리 머리를 움켜쥐고 침대 받침에 등을 기댔다. 그들이 죽어도, 혹은 살아도, 나는 경찰서로 가서 진술을 할 게 분명했다. 꽤나 골치 아프고 성가신 시간일 것이었다. 또 그게 과내에 소문이 퍼지지 않을 거란 보장도 없었다. 그저 아르바이트를 했을 뿐이라 해도 소문은 그 이상이 되어 돌아오는 법이었다. 그런 점에 있어선 미연에 신고를 하는 쪽이 나았다. 그들이 죽게 된다면 개강 이후에도 경찰서를 오고 갈 가능성이 충분하니 말이다. 나뿐만 아니라 조금 있으면 올 현이 역시…….

잠자리 머리가 들어 있던 손안으로 무른 물기가 느껴졌다. 나도 모르게 힘이 들어갔다. 가느다란 빛 한줄기가 머릿속을 관통하고 지나갔다. 그들이 죽게 된다면 그들이 죽는 순간, 나는 현과 함께 있을 것이다. 함께 서로의 몸을 움켜쥐느라 시간이 가는 줄도 모르고.

손을 펴서 손금을 가리고 뭉개진 잔여물을 들여다봤다. 눈 알 두 개만 제 모습을 하고 있었다. 나는 누군가 나를 보고 있는 듯 웃음을 말아들였다. 가볍게 아랫입술을 깨물었다. 이런 일이라면 굳이 과내에 내게 지껄거리지 않더라도, 아니, 내가 한마디 정도만 흘려놓더라도 괜찮을 일이었다.

다른 손님들이랑 똑같았어요. 방에서 적당히 시간 때우다가 밤 되니까 나와서 고기 구워 먹고. 전 숯이랑 불

판만 가져다주고 신경도 안 썼어요. 남자가 셋이나 있는데 제가 옆에서 뭘 더 하겠어요. 또 시간 맞춰 남자 친구도 와서, 그때쯤엔 그냥 관심 밖이었죠, 쉽게 말해서. 근데 쉬는 시간도 없이 계속 가는 거예요? 배고픈데. 금방 끝날 것 같지 않으니까 하는 소리죠. 하루 종일 붙잡아두고는, 지금 '금방'만 몇 번째인 줄 알아요? 알았어요, 알았어. ……근데 저기요. 혹시, 이거 뉴스에 벌써 떴어요? 뭐 기자 인터뷰 같은 건 안 해요? 나 해줄 수 있는데.

바비큐장에서부터 고기 냄새가 진동했다. 남자 둘이 고기를 굽고, 나머지는 벤치에 앉아 있었다. 안 나올 줄 알았던 4도 벤치 끄트머리에 앉아서 죽상을 짓고 있었다. 나는 주인집에서 가져온 고기를 들고 다가갔다. 일제히 나를 봤다.

"고기 좀 넉넉하게 더 드세요, 서비스예요. 오늘 주인집 할머니 할아버지가 못 오신다기에 몰래 챙겨왔어요."

이 정도면 자연스럽게 정보를 던졌지 싶었다. 1이 얼결에 고기를 받아서 벤치에 앉은 3에게 건넸다. 2가 집게로 고기를 뒤집으며 나를 슬쩍 보고 물었다.

"손녀분 아니세요?"

"아하하, 아뇨. 전 알바예요. 방학 때마다 와서 일하다가 가고 있어요."

"원래 어디 사시는데요?"

"수원이오."

1이 가위로 고기를 자르면서 끼어들었다.

"고생이 많네."

"아니에요. 할머니 할아버지가 워낙 잘해주셔서."

의미 없는 웃음을 흘리는데, 그들의 시선이 내 등 뒤로 넘어갔다. 나도 따라서 돌아섰다. 현이 계단을 올라오고 있었다. 나는 웃음소리로 내게 주목시키며 안심하라는 식으로 말했다.

"제 남자 친구예요. 요 근처 부대에 있거든요. 저기 율문리 쪽."

"……좋을 때네."

1이 고기를 씹어 먹으며 말했다.

"아하하, 그럼 고기 맛있게 드시고 뒷정리는 제가 나중에 할 테니까 두고 들어가세요."

마침 올라온 현에게 종종걸음으로 다가가 팔짱을 꼈다. 현은 그들을 보고는 남사스러워하며 팔을 빼내려했다.

"뭐야? 내 얘기 했어?"

"아니, 할머니 할아버지 안 계시니까 눈치 보지 말고 먹고 놀라 그랬어."

"안 계셔?"

"응, 내일 오신대. 밥은?"

"줘."

"알았어."

고개를 돌려 뒤를 봤다. 내가 들어갈 때까지 지켜볼 생각인지 시선이 하나같이 똑같았다. 그리고 그들의 눈은 다시 겹눈이 되어 있었다. 나는 얼굴을 활짝 펴며 웃어줬다. 너희들이 무슨 생각 하는지 아무것도 모른다는 듯 헤실거렸다.

문을 닫기가 무섭게 현은 내 가슴을 움켜쥐며 몸을 가져다 댔다. 나는 여린 소리를 내며 현의 허리를 감쌌다. 손쉽게 내 몸을 들어 올려 침대로 던지듯 놓은 현은 고기를 씹는 것처럼 내 온몸을 잘근거렸다. 단단하게 굳은 살이 박인 손바닥이 오른쪽 엉덩이를 내리쳤다. 나는 몽고반점을 가진 갓난아이처럼 울부짖었다. 현은 내가 울부짖는 소리를 좋아했다. 나는 현에게 알려주고 싶었다. 앞으로 저 사람들과 우리에게 무슨 일이 일어나게 될지 말이다. 저 사람들은 오늘 밤 죽을 거야! 그리고 난 우리가 이러고 있었다는 걸 경찰에 말할 거고! 현은 그저 아악 아악 지르는 내 소리에 고개를 쳐들 뿐이었다. 땀방울이 내 뺨으로 떨어졌다. 나는 그대로 손을 뻗어 현을 품속 깊이 안았다. 거친 숨소리가 오고 가면서 나는 숨을 길게 토해내듯 뱉으며 옆으로 고개를 돌렸다. 야트막한 어둠 속에서 희미하게 상이 잡혔다. '하루 산장'이라고 쓰여 있는 베개에 뜯긴 잠자리 날개가 있었다. 나는 소리 없이 웃었다. 누군가에게는 눈에 넣어도 안 아플 손녀의 이름인, 누군가에게는 뜻하지 않던 기회인, 또 누군가에게는 숨 쉬는 마지막이 될, 그런 하루였다.

더 할 말이라……. 글쎄요. 음. 그럼 형사님, 제가 뭐 얘기 하나 해줄까요? 형사님은 잠자리 눈이 어떻게 생긴 줄 아세요? 있죠, 잠자리 눈은 삼만 개의 낱눈이 모여 있는 겹눈으로 돼 있어요. 그래서 개네는 모자이크처럼 사물의 부분부분을 뜯어서 봐요. 형사님의 이마, 눈, 코, 입, 턱, 목젖, 이걸 각각의 눈으로 다 담아요. 그것도 하나의 눈이 담는 게 아니라 몇백 개의 눈이 동시에요. 그럼 어떨 것 같아요? 세상이, 굉장히 엉성하고 기괴해 보인대요. 근데 그게 또 굉장히 과장되게 보여서, 주변을 쉽게 경계하고 판별할 수 있대요. 네? 네. 이게 제가 하고 싶은 말이에요. 이제 집에 가도 될까요?

현은 색색거리며 깊은 잠에 빠졌다. 나는 현의 매끈한 가슴팍에 손가락을 하나하나 가져다 대봤다. 뺨을 부드럽게 쓸어보기도 하고 입을 맞추기도 했다. 팔을 둘러 꼭 끌어안고 눈을 감았다. 그러자 얼마 안 가 점점 크게,

바로 옆에 있는 것처럼 벌레 우는 소리가 가까워졌다. 반쯤 열어둔 창문 틈 사이로 눅눅한 풀냄새가 흘러들어 왔다. 미미한 고기 탄내도 났고, 그것과는 조금 다른, 매캐한, 그런 냄새가 나기도 했다. 나는 괜스레 가슴이 울렁거렸다.

나를 떠나 멀리 숨은 것들을 찾아 헤매는 중이다. 한 동안은 많은 것들을 직접 보고 직접 듣는 데에 집중하려 한다. 누군가 내게 요즘 들어 상대를 의식하는 글쓰기를 하고 있다며, 어깨에 부담이 들어간 것 같아 안타깝다는 말을 했다. 그제야 꾸역꾸역 키보드를 누르며 용쓰고 있는 내 모습이 보였다. 그걸 좀 털어내고 싶다. 재산처럼 차곡차곡 모은 경험들을 안고 있다가 적당한 때가 되면 풀어 써볼까 한다. 그 사이가 생각보다 길 수도 아님 우스울 만치 짧을 수도 있다. 뭐가 됐든 그때는 마음가짐이 바로 잡혔으면 좋겠다.

2015년 겨울
김사랑

미래의 작가들 01
비보호

2015년 11월 25일 제1판 제1쇄 펴냄

지은이　김사랑
기획　　크리에이티브 라이팅 그룹(Creative Writing Group)
편집　　모영철
펴낸이　박문수
펴낸곳　도서출판 박문수책
등록　　2009년 2월 6일 제13-2009-24호
주소　　03964 서울특별시 마포구 망원로7길 3-6(망원동)
전화　　02-322-5675
전자우편 mspark60@dreamwiz.com

ⓒ 김사랑, 2015
ISBN 978-89-969754-1-0 03810